팔영산 야인

귀농귀촌
고군분투기

팔영산 야인 귀농귀촌 고군분투기

발행일	2023년 7월 3일		
지은이	김영주		
펴낸이	손형국		
펴낸곳	(주)북랩		
편집인	선일영	편집	정두철, 배진용, 윤용민, 김부경, 김다빈
디자인	이현수, 김민하, 김영주, 안유경, 최성경	제작	박기성, 구성우, 배상진, 변성주
마케팅	김회란, 박진관		
출판등록	2004. 12. 1(제2012-000051호)		
주소	서울특별시 금천구 가산디지털 1로 168, 우림라이온스밸리 B동 B113~114호, C동 B101호		
홈페이지	www.book.co.kr		
전화번호	(02)2026-5777	팩스	(02)3159-9637

ISBN   979-11-6836-952-8 03810 (종이책)   979-11-6836-951-1 05810 (전자책)

(주)북랩 성공출판의 파트너

북랩 홈페이지와 패밀리 사이트에서 다양한 출판 솔루션을 만나 보세요!

홈페이지 book.co.kr   •   **블로그** blog.naver.com/essaybook   •   **출판문의** book@book.co.kr

작가 연락처 문의 ▸ ask.book.co.kr

작가 연락처는 개인정보이므로 북랩에서 알려드릴 수 없습니다.

팔영산 야인

귀농귀촌
고군분투기

김영주 지음

북랩

요새처럼 발길조차 불허한 성지골! 문명을 거부한 개척지에 짐을 풀었다. 당찬 각오로 짐을 풀었지만 어느 것 하나, 순탄치만은 않았다. 당도하자마자 길이 막히고 언로가 막혔다. 그야말로 어디서부터 어떻게 풀어야 할지, 헝클어진 실타래와 같았다. 백척간두, 사면초가였다.

남도 팔영산자락 성지골, 이곳에서 살아가는 것이 그리 녹록지만은 않았다. 문명과 동떨어진 산중생활이기에 더더욱 그렇다. 다만 글을 쓰기에는 안성맞춤이었다. 그것도 잠시 눈을 들어보니, 왕래하는 길과 마시는 물과 전기며 잠자리까지 말이 아니었다. 어떻게든 만회하려 온갖 힘을 써보았지만, 호락호락하지만은 않았다. 쫓기듯이 찾아온 곳이 이곳이었으니까? 그때는 호불호를 가릴 여유와 선택의 여지가 없었다. 마치 잠에서 깨어나 두리번거리는, 어린아이와 같았다. 지금도 개선될 여지는 요원하다. 혼자 힘으로는 할 수 없다. 사람은 서로서로 도움을 주고받는 존재이니까?

첫 만남, 첫 일성은 이랬다. "호미를 가지고 나오라면 호미를 가지고 나가고 괭이를 가지고 나오라면 괭이를 가지고 나가겠습니다." "불러만 주신다면 어떠한 일이든 기꺼이 함께 하겠습니다." "동참하겠습니다."라며 머리를 숙이며 인사를 드렸던 기억이 난다. 지금도 어르신들로부터 감명 깊게 회자되고 있다. 귀농귀촌인들은 이런 모습들이 필요할 것이다. 또한 내 일이 동네 일이요, 동네 일이 내 일이라는 공동체 의식이, 함께 발을 딛고 살아가는 이 땅의 사람들에게 필요할 것이다.

순망치한이라고 맞는 표현인지는 모르겠지만, 네가 살아야 내가 산다는, 내가 살아야 너도 산다는, 너도 살고 나도 살자! 나도 살고 너도 살자는 공동체 의식이 우리 모두에게 요구된다. 너 죽고 나 죽자! 나 죽고 너 죽자는 극단적인 사고는 버려야 할 것이다. 사람은 서로가 서로에게 필요한 존재이다. 유아독존, 독불장군은 없다.

이만하게 살아온 것도, 사는 것도, 나에게는 과분한 일이다. 하나님의 은혜이자, 가장 가까운 이웃들과 마을 사람들 덕분이다. 어느 것 하나 이렇다 저렇다 내세울 것도, 반듯하게 보여줄 것도 없는 야인이지만 감사한 일이다. 그나마 짧은 혜안이지만, 글을 쓸 수 있는 것도, 순전히 하나님의 은혜이자, 이웃과 마을 덕분이다. 암팡진, 뼈아픈 쓴소리를 쓰는 내내, 그럼에도 불구하고 음으로 양으로, 물심양면으로 도움을 주셨던 대다수의 마을 주민들과 몇몇

당직자들에게는 송구한 마음 금할 길 없다. 이 글을 쓰는 내내 마음이 편치만은 않았다.

귀농귀촌, 들불처럼 번지고 있다. 이에 반해 성공이냐? 실패냐는 개개인의 역량의 차이가 크다. 귀농귀촌, 누구나 할 수 있어도 아무나 할 수는 없다. 성공은 더더욱 그렇다. 그러기에 이러쿵저러쿵, 옳고 그르다고 말할 수 있겠는가? 어찌 그 모든 걸 미주알고주알 세세히, 다 이 책에 담아 기록으로 남길 수 있겠는가? 짧은 식견으로 모든 것을 표현하기에는, 아쉽지만 역부족이다. 이 기록에 공감하실 분들도 있을 것이요, 그렇지 않은 분들도 있을 것이다. 그렇다면 두말할 필요가 없다. 겪어 보라고 권하고 싶다. 사람은 무엇이든지 겪어 보아야 비로소 안다.

이 와중에도 좋은 일들이 많을 테지만, 꼭 이렇게 날카로운, 뼈 아픈 쓴소리를 써야만 할까? 갈등 속에 망설이며, 주절주절했지만, 무엇엔가 홀리고 이끌린 듯, 미친 듯이 글을 썼다. 모든 사람들이 거주 이전의 자유, 직업 선택의 자유, 집회 결사의 자유, 표현의 자유를 마음껏, 올바르게 누려야 한다. 그러기에 이 글을 썼다. 상반된 입장에 선 사람들은 다소 불편할지 모르지만, 씹고, 씹고 되씹고, 곱씹어 생각하기를 바란다. 많은 양해를 부탁드린다. 귀농귀촌, 이 책이 여러분의 선택에 도움이 되었으면 한다. 궁금하시면 찾아오셔도 좋다. 어디든지 불러주셔도 좋다. 달려갈 것이다. 먼저

된 자로서 기꺼이 나누고 함께 공유할 것이다.

먼저는 하나님께! 이제까지 물심양면으로 도움 주신 모든 분들, 이웃과 마을에, 녹록지 않은 귀농귀촌, 삶의 현장에서 애쓰고 수고하시는 당국자들과 귀농귀촌인들에게, 늘 옆에서 지켜보며 응원을 아끼지 않는 사랑하는 가족, 피를 나눈 형제자매, 생사고락을 함께한, 못난 지아비 덕에 늘 수고하는 아내에게, 가슴 속 깊이 감사드린다.

귀농귀촌인들의 대박을 기원하면서
2023년 5월 27일, 여름의 초입
남도 팔영산자락 성지골에서
저자 김영주

목차

190220

마음의 고향! 다시 농촌으로

깨알처럼 쏟아지는 별을 보고 이젠 다시 농촌이다. 마치 명을 어기고 떠나는 요나처럼, 세월의 무게를 뿌리치고 용달차에 짐을 실었다. 또 길을 떠나는 거다. 쿨하게, 떠나는 거지요. 어딘지는 모르겠지만, 어떤 일들이 기다리고 있는지, 도무지 모르는 채로, 어둠을 뚫고 별을 보며 다시 시작이다. 가늠하기조차 어려운, 먹이를 찾아 울어 젖히는 포효처럼, 공포의 파도를 헤치며 나아가는 사공처럼, 세찬 파도를 헤치며, 알게 모르게 눈앞에 닥쳐올 어떤 장애물도, 물리치고 나아가리라!

완도를 뒤로 하고.

또다시 농촌으로!

또 한 번 세찬 돌부리에 채인

뒤돌아 바라보는 야속한 임들이여!
지난한 세월을 꿀꺽 삼키며
무수한 번민 속에서
길을 떠나는

반신반의 과연 그럴까?
요동치는 가슴을 억누르며
어머님의 품속 같은
다시 농촌으로!

열정 하나만으로
혹여 알 수 없는 지평을
신행길 신부 걸음으로
가는 거야
또다시
다짐을

꽃물 뿌리며

190331

감자를 심었어요

간밤에 비가 오더니 하늘이 초롱초롱 맑다. 하늘을 면경처럼 깨끗이 씻어, 구름조차 씻어 버렸다. 잠재운 바람, 하늘이 맑은 유리같이 깨끗하다. 간밤에 비가 오더니 대지가 촉촉하다. 하늘이 맑다.

대지를 친구삼아, 넓은 어깨에 기대어 살아가는 꽃들이, 여기저기 날 보란 듯이 하늘하늘 손짓을 하고, 비를 머금은 대지는 넉넉함으로, 아름다운 꽃을 품고 함박웃음으로, 대지는 넉넉하지요. 마음이 밝다.

엊그제 못다 한 밭 손질로 마음 태우던, 그 마음은 아니지요. 근심 걱정 날려버린 명경 같은 마음이지요. 하늘도 마음도 맑다. 비 갠 아침나절, 새로이 둥지를 틀었다. 거창하다는 거창에서 얼마간은 새 삶을 이루어 가야 하겠다.

촉촉한 대지, 이제 감자를 심었다. 입춘이 지났기에 감자를 심었지요. 참으로 오랜만에 감자를 심었지요. 찰진 뽀얀 감자를 상상하면서, 하지가 지나 초복이 되면 수확을 할 수 있겠지요. 그때를

팔영산 야인 귀농귀촌 고군분투기

학수고대하면서 묵묵히 참고 기다려야 하겠지요. 풍성한 수확을, 심을 때가 있으면 거둘 때가 있으니까요.

감자는 남미가 원산지인 구황식물이랍니다. 벼, 옥수수, 감자는 우리들의 주된, 식량이 되는 없어서는 안 되는 식물이겠지요. 때마침 비까지 흠뻑 와주니, 생명의 근원이 되는 흙, 반죽이 잘 맞아서, 파란 앳된 싹을 틔우기에는 안성맞춤이지요.

잘 자라서 풍성한 수확으로 돌아오기를 소망해 봅니다.

아무쪼록.

190402

아내는 참 대단하다

일할 욕심에 아내에게 아침밥을 챙겨 달랬다. 달그락달그락 뚝딱뚝딱 한 상을 차렸다. 봄인지라 나물 반찬에 쑥국으로 봄나물이 푸짐하다. 아! 어머니의 솜씨 같은 구수한, 딱 이 맛이야!

그런데 아내의 밥이 없다. "어찌 당신 밥이 없소." 물으니 보는 것만으로도 든든하단다. 오늘 할 일도 많은데 아침밥을 걸러서야, 일을 함께할 수 있겠느냐고 반문을 하였더니, 도리어 일하려면 마음도 몸도 가볍게 해야 한다며 아침만이라도 금식하겠다며 굳은 결기를 보이니 꿀 먹은 벙어리로 더는 할 말이 없다.

"당신은 어쩔 거예요?" 되물어 오기에 한 발짝 물러서며 주춤, 바싹 말라비틀어진 꼬리를 내리며 얼버무렸다. 지난날 삶이 곤고할 때 늘 하늘의 뜻을 구하며 아침 한 끼만이라도 금식을 하였건만, 구겨진 체면이 말이 아니다. 이렇게 무딘, 믿음이 바닥날 줄이야, 이빨 빠진 호랑이처럼, 그야말로 종이호랑이다.

귀농귀촌, 도착 이후 자빠지고 깨지고, 헝클어진 일상이 말이 아니지요. 생애 각자에게 주어진 십자가의 고난도 마다하지 않은 많은 사람들을 생각하면, 난 무어라 할 말이 없지요. 나의 연약함을 탓하는 하루였지요.

　아내는 참 대단하지요. 눈 깜짝하지 않고, 서슴없이 뚝딱뚝딱 밥이면 밥, 설거지면 설거지, 빨래면 빨래, 일이면 일, 하나하나 일일이 열거하기에 부족할 정도로, 일손이 빠른 아내는 참으로 대단하지요. 늘 언제나 그래왔듯이 참 대단하지요. 무엇보다도 말없이 여기까지 따라와 준 것도 감지덕지지요. 사방팔방을 둘러보아도 의지가지없이 하늘만 쳐다보아야 하는, 인적이 드문 적막강산으로 어쩌다 외출이라도 하면, 혼자서 겁이라도 날법하지만, 이런저런 아무런 군말도 없이, 걱정 말고 어서 다녀오라는 여유만만, 늦으면 위험한 밤길 다니지 말고, 자고 오라는 배려, 두둑한 저 배짱 어디서 생겼는지? 믿음? 조물주 하나님을 믿는 구석이라도 있기에 가능하지 않을까요? 보면 볼수록 무던한, 깡다구가 대단하지요. 사골을 한껏 우려낸 진국과도 같은, 정성 들여 끓인 손칼국수처럼 구수하지요. 언제나 변함이 없지요.

인고의 세월

짓눌린 고통의 삶을 이고지고
버티어 온 인고의 세월 가슴 시리도록

밤낮없는 삶 이고지고 설친 밤잠
인고의 세월이 눈물이 되어
쓰러질 듯 이고지고
목말라 지친 삶

인고의 세월
반신반의 새로운 희망으로
백인, 백번 참으라는
참고 견디는 것이 승리의 첩경일진대
쉬 포기하지 않는 삶으로
살아가리라

오늘도 내일도 주구장천
끝끝내 견뎌야 하리

오늘만큼은 넌지시
여보! 사랑하오!
간지러운 어색한 고백에
얼굴이 불긋불긋
홍당무처럼

몰라!

190512

아! 슬픈 견공이여!

너는 어디서 왔는지 난 알 수 없지만, 이 녀석을 말하자면 어저께 갓 들어온 신참이지요. 머리며 온몸이 곱슬곱슬한 털로 온통 뒤덮인 외국산으로, 무수히 버림받고 받았는지, 수심이 가득한, 어두운 그림자가 드리운, 슬픔이 가득한 견공이지요.

때로는 염치 불고하고 쓸쓸히 다가와서 치근치근 몸을 부비며, 심지어는 가랑이 사이로 왔다 갔다, 나의 마음을 아프게 하지요. 넉살 좋은 신참, 아! 슬픈 견공, 목숨 부지한답시고 못 볼 아양을 다 떨어가며, 계면쩍은 눈빛, 보는 이마다 꼬리를 흔들며, "넌 자존심도 없느냐?" 가엾은 눈으로 바라보게 되지요.

이것저것 보도 못한 노리개를, 한 보따리 챙겨서 보낸 것을 볼라치면, 이제까지 금지옥엽 금수저로, 따뜻한 목단 금침 안방에서 호강하며 살았을 텐데, 어찌하여 황량한 이곳, 의지가지없는 허허벌판, 헐벗은 이곳으로 왔단 말인가? 이런저런 너의 신세가 돛도 없고 닻도 없는 쪽배처럼, 이곳저곳, 이리저리 쫓겨 가는 내 신세 같아서, 동병상련 처량한 마음으로 널 바라다보는, 너의 사정을 난 알 수 없지만, 고분고분 살 것이지 날 닮아, 무식이 통통 튀도록 바른 소리 한답시고, 이것저것 잔소리로 되는대로 짖었겠지? 늙은 꼰대처럼 허튼소리를 늘어놓았겠지? 불평불만 투정으로만 들었던지, 죽도록 호되게 매를 맞고 마음에 상처를 받아, 이렇게 온 것인지 알 길은 없다만, 너의 세상살이 우리들의 모습인 듯, 도긴개긴 피장파장, 아픈 가슴으로 너를 바라본다.

아! 슬픈 견공이여!

아픈 기억일랑 잃어버리고,
타관 객지, 피장파장 일반인 것을
너랑 나랑, 이것저것 근심걱정 생각을 말고
동병상련, 서로서로 위로하고 챙기면서
도란도란 재미나게
조용조용히 살아나 보자!
천수만수 오래오래
이 생명 다하는
그날까지

타관살이

타관살이 슬프다 하지를 마라!
고향 떠난 타관살이 어디 너뿐이랴?
잠시 잠깐 왔다가는 인생인 것을, 인생은 타관살이 아니더냐?

지나친 욕심일랑 싹둑싹둑, 볼 것 없이 바지런히 내려놓고
슬픔으로 점철된 이야기들, 서슴서슴 고이고이 고이 접어
타향살이 인생길에, 꽁꽁 묶어 놓고

쉬엄쉬엄 장막을 걷고, 타관살이 굴레를 벗어 버리고
남실남실 훨훨 날아 날아나 보자!
끝도 없이, 하염없이

우리에겐 가야 할 은하수 저편
때가 되면은 가리라!
애달파 하지를 마라!
천수를 누리며 이르기까지

사뿐사뿐 훨훨 날아서 가자!
시작도 끝도 없는
먼먼 우주로.

190605

고집불통, 염소를 보며

염소를 보노라 하니, 이 녀석들의 놀이가 흥미롭다. 가만히 이리 저리 살펴보았지요. 때론 피 튀기는 다툼이 요란하지요. 아무도 못 말리는 사생결단 죽기 살기로 싸움질이지요. 지금 이 순간에도 쓰다 달다, 짜다 맵다 앞다투는 모습이 대단하지요. 주인의 시선은 아랑곳하지 않고, 안중에도 없이 열중 모드로, 힘을 겨루는 싸움질이지요.

염소나 사람이나

다툼이 대단하다
이전투구, 볼썽사납게 더 많이 챙기려고
엎치락뒤치락 싸움질이다
밥그릇 싸움이다

자리다툼이다

시뻘건 두 눈으로 혈안이 되어 있다
어쩌다 패가 나뉘어 서로 힘을 겨루며 날뛴다
상대는 아랑곳하지 않고, 우르르 몰려다니며
서로 쿵짝이 맞아 요란하다
패거리가 있다는 사실이다
끼리끼리 좋아한다

잇속 없는 일에 고집이 세다
말도 안 되는 똥고집으로 버티니,
천하장사라도 당할 자가 전혀 없다

높은 곳을 좋아한다
서로 높은 곳에만 오르려 한다
자리싸움에 날 선 도끼눈으로 불꽃이 튄다

사랑에 대한 질투가 있다.
누가 넘볼까 먼발치에서 지켜보는 눈이
지나친 질투는 화를 부른다

호기심이 많다

이것저것 뒤적뒤적 쫓아다니며 발광질이다
더럽고 추한 오물을 쏟아낸다
눈치코치도 없다

밥 줄 때만 아는 척한다
먹을 때만 좋다 하고 가까이하려면 도망간다
말을 듣지 않는다

어쩌다 좋은 곳
푸른 초장으로 인도하려 하지만
담에도 귀가 달려 있다는데,
구분치가 없다
도무지

체면도 없이 소란하다
입을 벌리고 귀를 막고 마구 소란을 피운다
고집불통이 패가망신
왜 모를까?
저토록

　사람도 그리할진대 하물며 염소야 오죽하랴? 지금 이 순간에도
밥 달라며, 끼리끼리 패거리로 쫓아온다. 좋은 자리 차지하려 두

눈 부릅뜨고 고집으로 버티고 이전투구다. 사랑한답시고 지나쳐서 시기, 질투, 욕심으로 밥그릇 챙기기에 급급해서 주인의 말은 듣지도 아니하고, 무서운 줄도 모르고 안중에도 없이 그저 혈안이 되어있다. 피조물인 사람은? 도긴개긴 피장파장이다.

이제는 이럭저럭 이것저것 그만, 그만, 속 시원히 떨쳐 버리고 사이좋게 서로 아끼고 상큼상큼, 쪽쪽, 뽁뽁 사랑하며 아름다운 우리들의 공동체, 평화를 위하여 산 넘고 물 건너 푸른 초장으로 주인 말 잘 듣는 멋진 염소, 멋진 사람이.

신참 염소

낸들, 어찌하라고
갓 들어온 신참 염소 두 마리
두리번두리번 꽤나 낯설어서 기죽어 있다
여기저기 자꾸자꾸 쳐다만 보다
애절히 하늘만 쳐다본다
애절한 눈망울로

난들 어쩌란 말인지
함께 놀아 줄 수는 없잖아요
겁먹은 눈으로 받아주지 않을 거면서

난 그래도 애절한 네가 무지무지 좋다
초롱초롱 맑은 눈, 왕방울 눈망울에
온통 빠져들 것만 같은
자꾸자꾸 끌리는 걸
지남철처럼

어이타, 이 모양 이 꼴
부리부리 대장 염소 기세등등 등살에,
먼저라는, 뿌리라는 텃세에,
꼼짝 마!

아이고! 기죽어
신참 살려라!

수박이 달렸어요, 탐스러운

탐스러운 수박이 달렸어요. 앙증맞은 손가락 푸른 잎 사이로, 부스스 뽀얀 얼굴을 내밀고 마음껏 웃고 있네요. 만날 날 손꼽아 기다리는 수줍은 새색시처럼, 꽃은 비록 작아 보이지만, 풋풋하게 탐스럽게 커다란 열매를, 작은들 큰들, 어찌 하리요. 일면 기특하기도 하지요. 호박은 꽃도 크고 열매도 크지만, 수박은 시원하게 열매는 크지만 꽃은 앙증맞게 작아서 보고 또 보게 되지요.

수박

꽃이 작다고 놀리지는 마세요
겉 다르고 속 다르다고 놀리지는 마세요
수박도 사람도 큰 열매를 맺어
텃새 철새 너나없이

모두 모두 큰 사랑
함께 나누어요

꽃이 작다고 괄시 마라!
겉과 속, 안팎이 다르다고 괄시를 마라!
애당초 그런 걸 어이하랴?
달처럼 커다란 열매
한 아름 안겨 주리라!
너도나도 파이팅!
수박을

시작은 볼품없는 작은 꽃으로, 나중은 심히 큰 열매를 맺지요.
우리들의 삶도 수박처럼 꿈꾸던 소망의 열매가 주렁주렁 맺혀야지
요. 우리 모두에게 함박웃음, 그리, 그리되었으면 좋겠어요. 올여
름에도 시원한 수박 많이 드시고, 사랑받는 귀농귀촌, 농촌 생활
이 되었으면 하지요.

기쁘고 풍성한 삶이 되어야 하지요.
암 그럼요.

내 말 좀 전해다오!

뜸북뜸북 뜸북새야 내 말 좀 전해다오
삼시 세끼 그럭저럭 거르지 않고
아등바등 무거운 짐 내려놓고
홀가분하게 사노라고 전하여 주렴
주룩주룩 억수장마 지기 전에

소쩍소쩍 소쩍새야 내 말 좀 전해다오
귀농귀촌, 탈도 많고 말도 많지만
녹음방초 산들바람 해먹을 타고
속 시원히 사노라고 전하여 주렴
삼복더위 여름이 가기 전에

기럭기럭 기러기야 내 말 좀 전해다오
호호호 호시절 한운야학 희희낙락

집짐승과 텃밭 농사, 소일하며
편안하게 사노라고 전하여 주렴
오색단풍 가을이 가기 전에

까악까악 까마귀야 내 말 좀 전해다오
황소바람 칼바람 매서운 엄동설한
조용조용 세상사 잃어버리고
두문불출 사노라고 전하여 주렴
우수경칩 겨울이 가기 전에

뻐꾹뻐꾹 뻐꾹새야 내 말 좀 전해다오
화무는 십일홍 따뜻한 봄날에
여행 삼아 낚싯대 드리우고
무상무념 사노라고 전하여 주렴
형형색색 봄날이 가기 전에

어찌어찌 지내냐고 누가 묻거든.

190624

땅은 가꿀 사람이 가져야

경자유전이라 땅은 가꿀 사람이 가져야 하지요. 작금 땅에 관한 이야기들이 심심찮게 입에 오르내리며, 우리 농업인들을 슬프게 하지요. 연초부터 새로운 나리들이 농지를 사서 구설에 오르고 세 인들로부터 지탄을 받는 서글픈 일들이 종종 들여옵니다. 이젠, 드 디어 농업인에게 돌아갈 직불금까지도 꿀꺽하는 몰염치한 나리들 까지 있다고 하니, 가뜩이나 어려운 농촌경제에 먹구름을 드리우 는, 좌절이라는 그림자를 드리우는 격이고 보니, 차마 무어라 형언 할 수 없지요.

외진 산골 마을에도, 외지인들의 농지가 부지기수라 하지요. 농 업인은 농사를 더 짓고 싶어도 땅이 없어서 짓지 못하고, 농업소득 이 따라주질 못하니 지어도 걱정이고, 참으로 암담하고 안타까운 일이 아닐 수 없지요.

경자유전, 농자는 천하지대본이라는 말은 온데간데, 간 곳이 없 어요. 땅을 부의 한 방편으로, 투기의 대상으로만 보는, 해괴망측

한 풍조로는 방법이 없을 듯, 요원하지요? 한편 농업인들도 어려울 때, 자식새끼 같은 농지를 눈물로, 높은 가격으로 팔아야 하겠으니, 현지 농업인보다는 돈 많은 외지인에게 파는, 한역 이해는 갑니다만 어려운 난제임에는 틀림이 없지요. 어찌 보면 제도가 문제가 아니라 그걸 이용하는 몰염치한 사람들, 나리들이 문제가 아닐는지요?

국토이용이라는 측면으로 보면, 땅은 가질 사람이 가져야 하고, 가꿀 사람이 가져야 하겠기에 모름지기 농사지을 사람이 가져야 한다는, 경자유전이라는 말이 생겨났겠지요? 그러기에 땅도 그 용도가 법으로 정하여져 있으니 농사꾼이 가질 땅은 손대지 않음이 기정사실, 마땅하니, 땅 공부 제대로 한번 했으면 합니다. 투기가 아니라, 경자유전을 위해서 말이지요.

이러다간 옛날처럼 토지분배 하지 말라는 법 있습니까? 쪽박 들고 세계에 식량 구걸하지 말라는 법도, 또한 없지요? 바다 건너 멀지 않은 필리핀에서 식량난으로 굶주린 시민, 도둑들이 쌀가게를 털어, 하는 수 없이 군인들이 총을 들고 지킨다는 소식들이 한때, 전해 졌지요. 결국 우리 어려운 서민들에게도 닥쳐올 수난이 될는지 아무도 모를 일이지요. 그런 일은 있어서는 안 되리라 믿습니다. 농사지을 땅 그리고 직불금 하루속히 농민의 품으로 돌려주고, 식량안보 잊지 말아요.

몰염치한 나리님들! 고관대작들이여! 투기꾼들이여! 경자유전, 농자천하지대본, 식량안보, 생각 좀 하고 삽시다. 바다 같이 넓은 마음으로 혜량하시어, 꼭꼭 깊이깊이 두고두고, 새기시기를, 간직하시길.

하직하는 그날까지.

190626

감자야! 고맙다

어젯밤 일기 예보에 장마가 시작된단다. 부지런히 서둘렀지요. 감자를 캔다. 검정비닐 옷을 벗기고, 오동통 반짝반짝 갈색 몸매를 드러냈지요. 드디어 온 봄, 비바람 세파를 건너, 여름에 다다른, 녹음방초 호시절에 둥글둥글 예쁜 감자네요.

하지가 지났으니 이젠 제법 탐스럽게 컸지요. 먹기에 좋을 크기만큼 참으로 앳된 감자지요. 갈색 띤 감자에 입과 눈을 맞추고 하나둘 콧노래를 부르며 애지중지 다칠세라. 깨끗한 박스에 애지중지 호호 불며 하나하나 공손히, 차곡차곡 담았지요. 장맛비가 오기 전에 캐려고 부지런히 서둘렀지요.

우선 두 박스를 캤어요. 장마 사이사이 눈치를 보면서 쉬엄쉬엄 캐리라는 생각을 하며, 한 박스는 지척에 사는 동생네, 한 박스는 우리 식구가 먹기로 했지요. 애지중지 다칠세라, 고이고이 모셨지요. 사륵사륵 감자 반찬으로, 쫀득쫀득 감자떡으로, 팍신팍신 감자밥으로, 짠득짠득 감자전으로, 둘이 먹다 하나 죽어도 모르게,

맛있게 먹으리라는, 히죽이죽 야무진 생각을 하면서 덩실덩실 좋아라 했지요.

이 또한 전적인 하늘의 은혜이지요. 연초만 해도 임지에서 사역을 하고 있었기 때문이지요. 모든 것을 내려놓고 감자를 심으리라곤 생각조차 못 했는데 그럭저럭 심었지요. 감자를 심을 밭이며 준비하지 않은 감자씨, 참으로 은혜지요. 좋은 날씨 적당한 비, 난 그저 심었을 뿐인데, 오랜만에 누리는 기쁨이지요. 이것이 농촌살이 참맛이 아닐는지요? 달콤한 기쁨, 언제까지 할는지는 모르겠지만 그저 감사만이 넘쳐나지요.

감자야 미안타

갈색 살갗 버리고
뽀얀 속살 감자전으로 새롭게 태어났다
호박, 고추, 쑥갓, 식용유와 살을 부비며
탈 듯 말듯 노릇노릇 고시게 한입 어우러졌다
감자야 미안타, 정녕 참으로 고맙다
창밖엔 장맛비가 내리는
달콤함에 취했다
딱이다

감자 한 톨의 역사

감자 한 톨 한 톨도 귀한 시절이
개구리 올챙이 시절 모른다고,
벌써 잊었단 말인가
사랑스럽고 야무진 그대들은

세월이 흘러도 잊지 말아야 할 것은
또 하나의 가난한 우리네 역사이다
역사는 성하기도 하고 쇠하기도
반복 되풀이되니까

거침없이 달려온 역사를 잊는 순간,
역사는 우리에게 모진 고난으로 되갚아 준다
무딘 가슴 아리도록
역사를 깨닫도록

감자 한 톨 한 톨도
하늘이 햇빛을, 비도 바람도
농부의 손끝에 맡기셨다.
오롯이.

190628

이것이 병폐로다

변방, 벽지로 들려오는 작금의 이런저런 소식을 듣자, 듣자 하니 가슴이 답답하다. 정치, 경제, 사회, 종교, 농촌, 어느 것 하나 귀를 닫고 눈을 감지 않은 곳이 없으니, 혹자는 귀를 닫고 눈을 감고 살아가는 것이 좋다지만, 듣지 않으려 보지 않으려 애를, 애를 써도 들리고 보이는 것을 어찌하랴? 어찌 듣고만 있으랴? 어찌 보고만 있으랴? 체하면 토하는 것이 정한 이치이거늘, 답답하면 입으로 토하는 것이 시원하고 후련하지요. 그것이 말이든 어떤 것인들, 우리들의 건강에 좋지 않을까요?

병폐는, 그릇된 소리를 들어도 못 들은 척, 그릇된 행동을 보고도 못 본 척, 마음이 아파도 안 아픈 척, 척척, 귀를 닫고, 눈을 감고, 마음을 닫는 것이, 그것이 문제요. 그것이 바로 병폐이지요.

병폐 중에 병폐는, 그 소리가 옳음에도 옳다 하지 못하고, 옳다고 아니하고, 그 소리가 그릇됨에도 그릇되다 아니하고, 한편 일리가 있다면서도, 옳다, 그릇되다 말을 하지 않는, 표현하지 않는, 그

것이, 그것이 문제요. 그것이 바로 병폐 중에 병폐이지요.

병폐 중에 가장 큰 병폐는, 그릇된 소리를 들어도, 그릇된 행동을 보고도, 그릇된 것을 알고도, 그릇되다 말하면서도, 바꾸려 하지 않고 안주하려는, 바꾸지 않는 그것이, 그것이 바로 큰 문제요. 그것이 바로 가장 큰 병폐 중에 병폐이지요.

볕들 날

억지를, 욕심을
지나친 욕심은 체하는 법
욕심이 잉태한즉 죄를 낳고
죄가 장성한즉 사망에 이른다는
마음 문을 열고 상식이 통하도록
귀를 열고 마음을 열고 눈을 뜨고 현실을
우리들의 병폐를 일소하고 신명 나게
어둠은 지나가고 쨍쨍, 볕들 날!
억만년 유유히 있으리라!
영원 영원토록.

바뀌어야 산다. 봄이 점점 무르익어 넉넉한 여름으로, 계절의 길목에 서서 주변을 둘러보게 되지요. 작금에 세태, 들려오는 세상

소식을 듣자 듣자 하니, 가슴이 애달파지지요. 바뀌어야 신명 나게
살아갈 텐데요?

관이 바뀌어야 나라가 살고, 국회가 바뀌어야 나라가 살고, 법이
바뀌어야 나라가 살아나지요. 국민이 바뀌어야 나라가 살아나지
요? 국민이 바뀌어야 관이 바뀌고 국회가 바뀌고, 법이 바뀌고 나
라가 살아나지요? 우리 모두가 살아나야 하지요?

잘사는 공동체

농협이 바뀌어야 농업인이
농업인이 바뀌어야 농협이
농촌이 바뀌어야 도시가
도시가 바뀌어야 농촌이
농촌이 살아야 도시도

농촌은 뿌리다
뿌리가 튼튼해야 도시가 산다
도시는 아름다운 꽃이다
뿌리가 죽으면
꽃도 죽는다

서로서로 바뀌어야 산다
귀농귀촌인도, 터줏대감도 관도,
바뀌어야 국민이 산다

우리 모두 소금이 되자! 소금은 부패를 방지하니, 이것도 저것도
아닌 무색무취가 되어서야 그냥 물이 되어서야? 너도나도 우리 모
두 바뀌어야 산다. 너 죽고 내 죽는 일 이제는 그만하자! 이제는
바꾸자! 바꾸지 않는 것이 병폐로다. 우리 모두 함께 상식이 통하
는, 너도 살고 나도 살자!

가장 큰 병폐는 알면서도 바꾸지 않는 것이다.
잘 사는 공동체! 신명 나는 공동체!
우리 모두 만만세지요.

190717

종쳤다, 양파 농사

　사람 위에 사람 없고 사람 밑에 사람 없다. 옛날에는 농사지어 논밭전지라도 샀었는데, 목구멍이 포도청이라, 먹어야 사는데, 농자는 천하지대본이라고 그 누가 말했던가? 사농공상이 사, 상, 공, 농이 되었다고 열을, 열을 올리신다. 시골 장날 한쪽에서 어르신의 푸념이지요. 양파값이 똥값이라 하시며 이제는 늙어서 양파 자루도 못 들겠다 하시며, 양파 농사는 종쳤다 하신다. 엿 마지기 심어서 사오백만 원은 해야 하는데, 이까짓 것 턱도 아니라고 말씀하신다. 세월아! 세월아! 하시며 시장 입구 난전에서 팔아야만 들어간 물자를 건지고, 그래도 공판장에 갔다가 주는 것보다 낫다고 하시기에, 가슴이 먹먹하다. 누구라도 귀담아들어 줄 자가 없으니 가던 길 멈추고 들어 주기로 하였지요. 한참을 듣고 있으니, "조상 때부터 힘들게 농사를 지었지요."라며 "책상머리 저 인간들은 어미아비도 없는지" 푸념이시다. "얼마 전만 해도 이렇지는 않았는데 농사도 사람도 지쳤다."고 말씀하신다. 가슴이 짠하다.

빨간 자루 한 망에 단돈 만 원도 안 된다고 서럽게 말씀하신다. 지난가을에서 봄까지 뼈 빠지게 일을 하셨을 텐데, 고작 이거란 말인가? 농사는 장래가 없다 하시던 옛 어르신들의 말씀이 불현듯 생각났지요.

머리를 절레절레 마구 흔들어 대시던 어르신의 말씀이 그래도 "농사는 죽으나 사나 지어야지요." 말씀하신다. 조상들이 물려준 농토를 묵힐 수는 없다는, 농자는 천하지대본이라시며 힘 있을 때까지는, 어르신의 말씀이 귓전을 때린다. 농사는 생명임에도 예나 지금이나 풀리지 않는 어려운 난제이지요.

농사는 종쳤다

예나 지금이나
여지없이 농사는 힘들다?
절치부심 인건비 따먹기
말이 인건비지, 인건비라도 된다면 최상이다
인건비는 고사하고 빚 안 지면 다행이다
귀농귀촌 빚 없으면 장땡이다
정리하면 빈털터리, 갸우뚱 글쎄?
어이 초짜 양반! 농사 지어보면 알지?
허허 그것참!
농사는 종쳤다.

190719

반농반상, 판로가 문제다

어르신들이 농사는 "반농반상이다"라는 어르신들의 말씀이 생각
났지요. 우리 할아버지도 말씀하셨다. 이유인즉슨 오랜만에 감자
를 심었기 때문이다. 올해는 많이들 심어 똥금이란다. 막상 소비자
들이 사 먹으려면, 그렇지만은 않은 것 같은데 말이지요. 감자뿐
만 아니라 이것저것 심다 보니, 먹고 남기에 팔아야만 하는 고민에
빠졌지요. 과유불급이라는 말이 있듯이 많아도 탈 없어도 탈이다.
팔아먹을 재주가 있어야 하는데, 난 그렇지 못하다. 남에게 부탁하
기란 더더욱 그렇다. 어쩌다 말을 꺼내 보지만 이내 주절거리다 만
다. 물론 돈이 되든 말든 농산물공판장에 가져다 주면 된다.

형제들이 나누어 먹고 주변에 어려운 교회에 나누어 주고도 열
몇 박스를 팔아야 하는데, 엄두가 나질 않는다. 값이 싸더라도 공
판장에 가져다 줄까? 몇 번을 망설인 끝에 지인 한두 분에게 주절
거리며 몇 박스 사고, 팔아달라고 부탁 하였지요. 알아보겠다기에
태무심하고 기다렸지요. 까마귀고기를 먹었는지 함흥차사이지요

괜한 부탁을 해서 마음에 부담을 주었나 싶어 가까운 읍내에 사는 동생에게 말하였더니 지인들에게 팔아 주겠다고 했지요.

일찍이 부탁했던 지인도 사주지 않으니, 지인에게 부담을 주어 죄송하다는 문자를 남기고, 가만히 생각에 잠겼지요. 동생이 팔아 주겠다고는 했지만 두 손 놓고 가만히 있기에는, 그렇다. 아내에게 넌지시 "내친김에 이걸 시장에 나가 팔아볼까?" 대경실색이다. 그러나 담대하게 이것 또한 내 인생에 커다란 산 체험이 되리라 믿었지요. 그렇다. 때론 우리에겐 용기가 필요하다. 결단이 필요하다. 농사도 마찬가지이다. 농사는 어찌 보면 짓는 것보다 파는 것이 더 힘들다고 해도 과언은 아니지요.. 팔지 못하면 아무것도 아니다. 허사다. 구슬이 서 말이라도 꿰어야 보배라고 농사는 농사꾼이 먹을 것 외에는 모두 팔아야 한다. 그래야 농촌 생활이 가능하지요.. 옛날에도 그랬다. 양식할 것만 남겨놓고 잉여 생산물은 죄다 시장에 내어다 팔아야 했는데, 그것이 바로 오일장이 아니던가? 오일장이 돌아오면 일찌감치, 새벽닭이 울 때 장 볼 채비를 하고, 팔 농산물들을 지게에 지고, 머리에 이고 사 십리 길을 걸어 장터로 나갔지요. 옛날 동네 어르신들이 생각났지요. "그래, 그때는 그랬었지." 라며 용기백배, 장날 난전에서 한번 팔아보기로 했지요.

난생처음, 시장 구경만 하다가 시장 난전, 좌판에서 팔아보려 하니까 막상 용기가 나지 않는다. 다시 한번 마음을 다잡고 준비를 했지요. 팔 감자, 양을 달아볼 저울, 가격을 쓸 매직펜, 여분의 박스, 감자를 덮을 신문, 그리고 가까이에서 사는 동생에게서 야외용

접이식 탁자, 등받이 없는 둥근 의자, 야외용 비치파라솔, 파라솔 꽂이 받침, 감자를 담아서 팔 광주리를 빌리고, 서둘러 길을 나섰다. 장터에 도착하니 이미 장은 벌어졌다. 두리번두리번 살피다가 어찌하여야 할지 대략 난감했지요. 한번 물어보기로 했지요. 자리가 정해져 있는지? 아니면 빈자리가 있으면, 빈자리에서 팔아도 되는 건지? 난장에 계시는 어르신 한 분에게 여쭈어 보았더니, 빈자리가 있으면 빈자리에서 팔면 된다기에, 때마침 빈자리가 있기에 용기를 내어 난장을 펼쳤지요. 다시 한번 용기를 냈지요.

시장 입구 주차장 앞 우측 끝에 자리를 잡았다. 좌판을 펼치고, 파라솔까지 펼치니 그럴싸하다. 감자를 광주리에 소복이 담고 달아보니 3.5kg가 넘는다. 얼마를 받을까 고민 끝에 3,000원을 받기로 하였다. 이만하면 직접 농사를 지었으니 괜찮은 가격이다 싶기에, 가격을 써서 놓고 팔 감자를 정리 정돈을 하였다. 그리고 좌우를 살펴보니, 죄다 연세가 지긋하신 분들로 농사를 직접 짓는 분들 같았지요. 시장 입구 우측으로 마늘, 양파, 감자, 다슬기, 멸치, 복숭아, 참외 수박 등등, 좌판을 펼친 채로 옹기종기 모여 앉은 어르신들이, 오랫동안 이 일을 했는지 서먹해 보이지는 않는다. 우리는 오늘 하루해가 지도록 가까운 이웃이 되었지요.

칠순이 넘으신 내외분이 오늘 나에게 있어서 가장 가까운 이웃이다. "안녕하십니까?" 인사를 하며 서슴서슴 말을 걸었다. "양파, 마늘을 가지고 나오셨어요?" 그렇다고 말씀하시면서 아래위로 살펴보시며, 어디서 굴러온 개뼈다귀인가 싶으신지 한참을 보시더니,

어디서 왔는지는 모르지만, 반갑다는 인사를 건네오신다. 오늘 이렇게 이웃이 되어주셔서 감사하다고 응대를 하자 그제야 웃으시며 반겨주시지요.

어르신 한 분이 지나가시기에 감자 좀 사시라고 하였더니, 나도 농사짓는 사람이라며, 감자 농사를 해서 공판장에다가 일찍이 팔았다고 하시면서 힐끔 쳐다보신다. 첫 번부터 번지수를 잘못 찾았다. 그래도 초록은 동색이라고 반가운 마음이 들었다. 이번에는 칠순을 바라보는 한 노부인이, 좌판에 가장 큰 감자를 담은 광주리를 보시고, 한 박스를 사시겠다며 가장 큰 걸로 달라고 하셨지요. 몇 번을 밀고 당기기를 하고 가격흥정이 끝나자 큰 것을 담은 광주리를 보시고 더 달라하신다. 망설이다. 직접 농사를 지었으니 드린다며, 그래도 농사 인심이 최고라며 위안을 삼고 맛있게 드시라며 인사를 했지요.

난생처음으로 난장에 나와 마수걸이를 했으니 기분이 좋다며 돈을 들어 보니, 오늘 이웃한 옆자리 어르신이 덩달아 기분이 좋으신지 껄껄 웃으신다. 이제 마수걸이를 했겠다. 안 팔리면 어찌할까, 마음 졸이던 생각이, 하면 된다는 마음으로 위안이 되자, 참았던 목마름이 고개를 든다. 주차장 입구에 있는 매점에 가서 기쁜 나머지 마수걸이했다며 칡즙 한잔을 달랬더니 이분 걸작이시다. 장사할 사람으로 안 보인다시며 칡즙을 주시네요. 어쩌다 올해 감자를 심어 요즈음 시간이 있어서 난생처음 난장에 나와서 팔아본다고 말하자 어쩐지 하는 기색이지요.

속절없이 시간이 흐른다. 비가 올 듯 찌푸렸던 하늘은 말갛게 분 단장을 하고 고운 눈으로 시선이 따가웠다. 따가운 시선을 피하여 파라솔 밑만 맴돌며, 지루할 때쯤 중년 부인이 다가온다. 감자를 매만지며 둥글둥글하게 매무새가 참 좋단다. 그리고는 한 박스를 달라고 하신다. 점잖아서 더 달라는 말이 없어도 한 광주리를 더 주었지요. 지인에게 선물을 한다 하시며, 손수 골라서 행 길 옷 가게까지 가져다 달라고 하기에 가져다 드리고, 팔리지 않을 것만 같 았던 감자는 이렇게 팔렸지요.

오늘 난장에 이웃인 어르신과 이야기를 나누며 시간이 흘렀다. 광주리에 담아 파는 감자는 잘 팔리지 않는다. 3.5kg이 넘도록 소 복이 담아서 3,000원에 파는 데도 잘 팔리지 않는다. 이것도 비싸 단 말인가? 생각다 못해 2,000원에 팔기로 했지요. 그러자 감자가 왜 이리 값이 싸냐 하시며, 관심을 보이더니 사기 시작하지요. 그 런데 예상 못 한 일이 벌어졌지요. 싸다 하시면서도 값을 깎지요. 대관절 이건 무슨 심보일까? 잘해주면 잘해줄수록 양양거린다는 말이 있듯이 싸면 쌀수록 더 달라는 사람의 심리인가 보다. 이번에 는 한 광주리 2,000원짜리 세 광주리를 5,000원에 달라고 하신다. 기어코 달라고 해서 사 가는 사람도 있지요. 생존경쟁이라고 하더 니 참말이다. 봄부터 여름까지 수고했을 농심들은 타들어 간다. 이 럴 수가 그저 야속하지요.

"농사는 장래가 없다.", "농사는 배짱 하나는 편하다."라는 할아버 지의 말씀이 생각난다. 세대가 바뀌고 세월이 바뀌어도 각박한 처지에 배짱은 편하지 않은 것 같다. 바로 판로가 문제다. 소농은 더 더욱 그렇다. 평생을 농사일을 천직으로 여기시던 나의 할아버지시다. 구한말 소용돌이 속에서 태어나시고 일제 강점기, 태평양전쟁, 동족상잔의 6·25동란, 전쟁의 폐허로 춘궁기, 보릿고개를 겪으셨으니, 수탈과 전쟁, 가난의 굴레, 그 속에서 한 시대를 사셨던 분이시다. 하긴 이해는 되지만 그 세월을 어떻게 사셨는지 생각할수록 모르겠네요.

옆에 어르신 맞장구를 치시며 덩달아 한 말씀 하신다. 젊었을 때는 농사를 지어 땅마지기라도 장만했는데, 언제부턴가는 어림도 없고 턱도 없는 일이라며 가족이 먹고살기에 빠듯하다며, 빚 안 지면 다행이라 하신다. 농산물가격은 들쑥날쑥 일정치 않아 어느 장단에 춤을 추어야 할지 예측 불가로 물가를 따라가기에는 역부족이라시며 깊은 한숨을 쉬시면서 끌끌 혀를 차시면서 한 말씀 하시지요.

일반 농사나 자식 농사나 별반 다르지 않다며, 자식 농사가 더 힘들다고 하신다. 한해 농사는 잘못되면 다시 지으면 되지만, 자식 농사만큼은 그렇지 않단다. 평생 지어서 잘못되면 돌이킬 수 없단다. 자식 덕 보려고 하는 것은 아니라면서, 농사지어 자식 가르친 것이 남은 것이라 하지요. "자식 직업이 무엇인데요?"라고 물었더니, 회계사라 하시며 돈은 수월찮게 번단다. 퇴직하면 고향 와서 산다고 말했다며 은근히 자식 자랑에 침이 마르지 않는다. 그것이 부모님의 마음이 아닐까요?

그럭저럭 점심때다. 아직은 제법 남아있다. 돈 생각에 점심을 거를까, 생각하다가 다 먹자고 하는 짓인데, 라는 생각으로 옆에 어르신보고 식사하시러 가시자고 했더니, 도시락을 싸 오셨단다. 혼자 무엇을 먹을까 고민하며 시장 안으로 빨려 들어갔지요. 제일 먼저 눈에 들어온 것은 국밥집이다. 이것저것 망설임 끝에 쇠고기 국밥을 먹기로 했지요. 아직 몇 시간을 버티자면 또 얼마를 팔지는 모르지만, 든든히 먹자는 심산으로 말이지요.

오후 시간 잠깐 지루한 시간이 흘렀다. 내리쬐던 태양이 졸고 뜸하던 행인들이 하나둘 오간다. 간간이 물어보고 지나가는 행인을 바라보며 잠시 생각에 잠겼지요. 난전에서 좌판을 벌인다는 것은 예전 같으면 얼토당토, 어림도 없는 일일 테지만, 내가 생각하기에도 어디서 나온 배짱인지, 한역 대견하고 모를 일이지요. 아니 어느 한구석, 믿을 구석이 있는지 언제부턴가 담대함이 생겼지요. 오늘 많은 사람들이 난전에서 좌판을 벌였다는 것은, 산전수전 다 겪은 결과물이 아닐까 싶기도 하지요. 여기저기 좌판을 벌인, 여기 옆자리에서 좌판을 벌이신 어르신도 또한 그러하리라 생각해 본다.

사서 고생이라는 말이 있지요. 요즈음 딱 내게 하는 말 같다. 그러나 배짱 하나는 편한 것 같다. 적어도 지지고 볶고 치사한 소리는 듣지 아니하니까. 한마디로 편하다. 비록 육신은 고달프고 궁색해 보일지는 몰라도 마음은 편하다. 모든 것을 시류에 맡기고 은혜로 살아가자. 그리고 내려놓자. 내려놓는 삶이 편안하다. 말처럼 쉽지는 않지만 말이다. "수고하고 무거운 짐 진 자들아 다 내게로 오라 내가 너희를 쉬게 하리라" 예수님이 하신 말씀이지요.

어느새 시간은 많이 지나갔다. 뜨거웠던 태양 빛은 느릿느릿 옅어졌다. 못 팔 것만 같았던 감자는, 하나둘 주인을 만나 길을 떠났고, 이제 마지막 세 광주리만 남았지요. 어르신 한분이 다가오시더니 끝물이라는 것을 알았는지 세 광주리에 5,000원에 다 달라고 하신다. 한 광주리에 2,000원씩 세 광주리 6,000원이라고 말하며 싼 가격이라고 말하자 싸기는 싸다고 말씀하시면서도 그래도 달라고 하신다. "그래 떨이다." 못 이기는 척 냉큼 팔았지요. 가져간 감자는 다 팔았지요. 주변을 정리하고 이것저것 주섬주섬 짐을 챙긴 후 오늘 하루 나의 이웃이 되어 주셨던 분들에게 감사하다며 인사를 하고 길을 떠났다. 은혜가 넘치는 감사가 넘치는 하루였다.

고난이 유익이라고 난 오늘 난장을 통하여 인간들의 삶의 무게를 느낄 수 있었지요. 새로운 견문을 넓히는 시간 시간이었지요. 특히 오늘 하루 난장에서 이웃으로 함께해 주신 어르신 그리고 아주머니께 감사와 축복을.

내내 건강하시라고.

190812

오골계, 신방을 꾸미다

이삼일에 걸쳐서 뚝딱뚝딱, 따가운 뙤약볕을 마다하지 아니하고 선물 받은 오골계 안식처이자 아름다운 사랑방, 신랑신부의 신방을 꾸몄지요.

이 녀석들로 말하자면 읍내에 사는 동생이 형님 말복에 몸보신하라고 보내온 선물이다. 이를테면 말이지요. 그런데 이 녀석들 어절씨구, 놀아나는 모습이 연인이 아닌가? 사랑하는 연인들을 한꺼번에 뚝딱하기에는 양심이 저리다. 보신도 보신이지만 일말의 양심적 가책을 느꼈다. 뭐 그렇다는 얘기다. 그래서 극진히 대우하기로 했지요. 붙어 떨어지지 않을 암수 한 쌍, 연인이라 신방을 꾸며 주기로 했다. 어설프게 개폼을 잡고 목수처럼 뚝딱뚝딱 닭장, 신방을 만들었지요.

요란하게 신방을 꾸미고 왁자지껄, 집들이 잔치가 열렸다. 때마침 며칠 전 갓 들어온 신참 마루 진돗개가 축하객을 안내하였지요. 어디서 왔는지, 때마침 근방을 지나던 나그네 청개구리가 구성진 축하 노래로 흥을 돋우고, 어디서 날아왔는지 산비둘기, 예쁜 춤사위로 자리를 아름답게 빛냈지요. 한편 농장의 식구들 오랜만에 덩달아 신이 났지요. 푸짐한 음식과 덕담들 서로 나누고 염소는 매에~애, 개들은 멍멍~멍, 닭들은 꼬끼오~ 한바탕 코가 돌아가도록 여흥을 즐겼지요. 밤새도록 풍악을 울리고 왁자지껄 끝날 줄 몰랐지요.

오골계, 신혼부부

이보시게
새벽, 기상나팔 잘 불고
아들딸 줄줄이 숙덕숙덕 순풍순풍 잘도 낳아
가문이 번창하고 곡간이 번창하여
나라 사랑, 지역 사랑, 이웃 사랑
늘그막에 모두에게 존경받고
자녀에게 효도 받고, 옥체 보전 만수무강
만세수를 누리시게!
영원 영원토록

처마 끝에 말벌!

처마 끝에 거꾸로 조마조마 위태롭게 대롱대롱 매달린 말벌들, 때마침 어찌어찌 세상이 사나운지, 너마저 윗동네 높디높은 나리들처럼, 틈만 나면 윙 윙윙 정신 사납게, 그들의 부채질에 놀아나는 어리숙한 사람들처럼, 고래고래 소리치며 볼멘소리로 농사일에 지친, 곤한 낮잠을 방해하며 귀찮게 하는구나!

어찌 어찌하여 하필이면 떨어질 듯 위태로운 처마 밑, 여기더냐? 이곳저곳 좋은 곳도 많을 테지만, 그래도 이곳이 좋아서 왔노라 하면, 내 어찌 야박하게 내치는 문전박대까지 어찌할쏘냐? 너나 나나, 인면수심 박절하게 무어라 말하리오.

말벌에게

타성바지, 타관 객지

내가 도우리라! 염려를 말거라!
어린 새끼 새끼들 잘 길러서, 멀리멀리 떠나는 날
그날까지 숨죽이고 조용히 기다려 주마
부지런히 열심 열심히 지내 보거라!
언제 어디엔가, 가려 하거든
서로서로 좋은 얼굴 웃는 낯으로
담담히 군말 없이 헤어나지자!
흠잡지 말고

너 갈 곳 가는 곳이
그 어디인지
난들 알리는 추호도 없지만
새로운 곳 그곳에서 짐을 풀 거든
이만저만, 그 집 인심 너무너무 좋아 좋아서
이럭저럭 잘도 지내다
편안히 잘 지내다가 왔노라고
널리 널리
이 말만은 전하여다오
사람 좋고
인심 좋다고

당신들, 사정이란다

왜 이러나 아주 고약하도다. 약한 자 빈 한자의 사정은, 이다지도 무시하고, 제 사정만 사정이라고, 앞뒤 막힌 수챗구멍처럼, 불통, 악취가 진동이로다. 인생사 어찌 좋은 일만 있단 말인가? 사노라면 사정할 날도 있으련만, 약한 자, 빈한 자의 통 사정은 아랑곳하지 아니하고, 강한 자, 부한 자들의 사정만 사정이라고 말들 하지요. 막무가내 앞뒤 꽉 막힌 터줏대감들! 우리들은 알 바가 아니라며 안중에도 없고, 헌신짝 버리듯이 이래저래 업신여기니, 약한 자 빈 한자는 어이 살라고 그리하는가? 어이타 사람의 마음이 조석지간 팽이 돌아가듯이, 이렇게도 야박할 수가 있단 말이요?

도회지에 살면서 거룩하고 거룩한, 도량이 넓은 듯이 척하면서도, 은근슬쩍 이땅 저땅 투기질로, 좋다는 요지는 싹쓸이 다 사놓고, 고향 떠난 사람들도 조상 유산 받았답시고, 요지부동 물러섬 없이 기세를 쓰며, 마을 농로 숙원사업에 걸림돌이 되어 돌아오고, 이 어이 한단 말인가? 금전만능, 독식주의, 망국 행위가 아닐는지요?

경자유전

땅은 가꿀 사람이 가꾸어야 한다는데,
농사 아무나 한답시고

귀농귀촌, 아무나 한다고?
누구나 할 수 있어도 아무나 하는 것은 아니지요.
자신 없는 사람들은 애당초 덤벼들지를 마라!
땅은 가꿀 사람이 따로 있으니
경자유전, 농업인 개무시가,
병폐 중의 병폐로다

그 좋다던 인심도 돈에 걸리고, 이해관계만 생기면, 물고 뜯고,
마음의 높은 담을 쌓으니 어이할꼬, 욕심이 문제지요. 모든 것이
위로부터 와서 위로 가나니 욕심을 버리자! 자존심에 목숨 걸고
기고만장 세를 쓰다가, 언젠가는 올가미에 걸린 금수처럼, 발버둥
치며 버티고 버티다가 패가망신 혼쭐이 나지요? 오랏줄에 꽁꽁 묶
여 질질 끌려가야 할 인생이 아니던가요? 선한 끝은 있어도 악한
끝은 없다 하지요?

전에 없이 인심들이 참으로 고약하지요? 왜 이다지도 사는 것이
벅찬 것인지? 인생사 희로애락, 생로병사가 아니던가? 서로서로 사
이좋게 인심 쓰며, 너나없이 한자리에 덩실덩실 춤을 추어요. 하늘

에 은총이 쏟아지도록 살아야 하지요.

세상에는 인정사정없는, 피도 눈물도 없는 것이 둘 있으니, 하나는 법이요. 하나는 개도 안 먹는다는 돈이지요. 법 위에 사람 없고 법 아래 사람 없지요. 만민은 법 앞에 평등하다. 법은 잘 만들고 잘 써야 하지요. 칼처럼 예리하니 애무한 사람은 잡지 말아야 하지요. 이현령비현령, 유전무죄 무전유죄가 웬 말이냐? 돈 보고, 사람 보고 안면박대 딴판이니 빈자는, 약자는 서글프다. 법은 조물주가 만들었고, 사람의 손에 맡겼으니 법은 곧 하늘이요. 사람은 법의 지배를 받는다. 법은 만인 앞에 평등하다.

돈은 일만 악에 뿌리, 타락하기 쉬운, 순기능이 있으면 역기능도 있으니, 조심조심해야지요. 돈은 돌고 도는, 섬기고 나누라는 것이니, 그래서 둥글둥글 돈이지요. 빈자여, 약자여! 서글퍼하지를 마라! 쥐구멍에도 볕이 든다. 사람 나고 돈 났다.

법에 매이지 말자. 돈에도 매이지 말자. 법을 지키는 것이 자유요. 돈은 자족하는 것이 자유다. 지나친 욕심은 금물이지요. 말은 찰떡같이 하고 행동은 개떡같이, 하지를 말아야 하지요.

아! 버텨야 한다

나무늘보가
천천히 느릿느릿 나무를 탄다

눈을 꿈쩍 꿈쩍이며
세상에서 가장 느리다는 나무늘보다
퓨마가 나무늘보를, 큰일이다
나무늘보를 해치려
날카로운 발톱을 세우고
나무늘보, 버텨야 한다.

쉽게 포기하지 마라!
포기하기엔 너무 이르다
하늘을 보라! 수많은 새들이
땅을 보라! 수많은 동물들이 삶들이
너를 응원한다

힘내라 힘, 들리는가?
절대 포기하지 마라!
아! 버텨야 한다

나무늘보야!
너의 느림이 승리했구나!
나무에 붙어 미동치 않음이
너를 살렸구나!

너의 느림이,
느리게 살 수만 있다면 좋으련만,
모든 것이 내버려 두지 않는구나!
도무지 허락하지 않는다
너였으면 좋겠다

귀농귀촌 버텨야 한다
살아남아야 한다
끝까지.

191006

아기 염소가 태어나다

울 집 사랑스러운 염소가 초여름부터, 기다려 온 첫 아기 염소를 낳았어요. 똘망똘망, 예쁘게도 어미를 닮은 튼실하고 귀여운 아기 염소를 낳았어요. 귀엽고 예쁜 아기 염소는, 백오십 일 동안 엄마 뱃속에서, 긴 어둠을 보란 듯이 박차고 태어났어요. 태어나자마자 바둥바둥 넘어질 듯 자빠질 듯 바들바들, 기어코 일어서서 이리저리 잘도 걸어 다녀요. 터질 것만 같은 탱탱 불은 엄마 젖에 가끔은 머리로 떠받고 치받으며, 코를 박고 영양가가 듬뿍듬뿍, 면역력에 좋다는 초유를 맛있게 잘도 먹네요.

온통 여기저기 볼수록 낯선 것들이, 이곳저곳 두리번두리번 무척 신기한 듯, 이리저리 왔다 갔다, 넘어질 듯 조심조심 잘도 다녀요. 어미는 아기 염소에게서 눈을 떼지 못하네요. 넘어질라! 다칠세라! 사랑스러운 눈빛으로 살피지요. 어미 염소는 아기 염소를 바라보며 조심하라고 입을 쪽쪽 맞추며 요리조리 눈을 떼지 못하네요.

아무쪼록 아기 염소, 별일 없이 젖 잘 먹고 포동포동 무럭무럭,

무병 생육하기를 두 손 모아 기도하네요.

둥지를 떠나라

말이 나면 제주도로,
사람이 나면 서울로 보내라는 말이 있지요
자라면 둥지를 떠나야 하지요
새가 둥지를 떠나지 않고서 살 수 없듯이
둥지를 떠나지 않고서는
둥지를 떠나 넓은 산야로 나아가야 하지요

둥지를 떠나라 본토 아비의 집에서
게으름에서, 시기에서, 질투에서,
욕심에서, 우상에서, 악에서,
악은 어떤 모양이라도 버리라고 하지요
버려야 할 악습에서 떠나야 하지요
현명하게, 취할 태도이지요

둥지를 떠나라!
거침없는 바다로 푸른 대지로,
거대한 세계로 광대한 우주로,

꿈을 가지고 마음껏 나아가라!
그것이 꿈을 가진
우리들의 취할 현명한 태도이지요

떠나라!
주저하지 말라!
거침없이 나아가라! 결단하라!
순천 자는 새 길이 열릴 것이다
언제나 떠날 준비를
옹골차게.

191020

동변리를 떠나다

머무를 수 없는 동변리에서 마지막 하루가 깊어져 간다. 뼈만 한 날을 묻어 놓고 기약 없는 이별, 마을에 어둠이 내려앉는다. 호랑이 잔등 같은 위태로운 세월은, 쏜살같이 지나가고 많은 시간은 아니지만 기약 없는 마지막 하루가 저물어 간다.

떠나가는 동변리에는 부푼 가슴으로 찾아왔지만, 정착하기 위해 빌린 집은 겨우 팔 개월도 안 되어서, 무엇이 그리 못마땅한지 계약 기간이 많이 남아있음에도 불구하고, 채 정착하기도 전에 비워 달라하지요. 믿어야 할지 말아야 할지 부득불 자기들이 살려온다며, 갑자기 비워달라면 어이하나요. 할 말이 없네요. 본인이 살려 할지라도 계약기간이 끝나야 할 것이고 아니면 합의하에, 일방적 통보는 말이 아니 되지요. 이방인, 객지 사람이라고 깔보고 무시하는 처사는 아닐까요? 입맛에 맞지 않는다고, 그렇게 눈엣가시처럼, 눈 밖에 난 일도 없을 테지만, 무엇 때문에 도무지 이해할 수 없는 일이지요. 어쩔 수 없이 더 이상 머물지 못하고 등 떠밀린 이방인,

떠나기로 했지요. 떠날 채비에 분주한 하루가 애달피 저물어 가네요. 우린 모두 정처 없는 나그네라고 말들 하지만 어찌 이런 일이, 누구인들 어쩌한단 말인가요? 동변리에서의 마지막 날, 칠흑 같은 어두운 밤, 복잡하고 착잡한 심정으로 이제 어디로 갈까나, 정처 없이 떠도는 부초 같은, 처량한 나그네, 우리네 인생이지요.

슬픈 동변리여!

족적마저 지우고픈 슬픈 동변리여!
채 풀지도 못한 짐을 싣고
장족의 발걸음을 옮기련다.
야멸찬 응대에 뒤틀린 속은 녹아내린다.
분간할 수도 없는
깜깜한 밤일지라도
꿈을 안고
또다시

팔영산 야인 귀농귀촌 고군분투기

191022

개척지에 당도하니

모든 것이 낯설기만 한 미완의 개척지이다. 근간에 삽질 한번 낫질 한번 어느 누구도 손대지 않은 처녀지로 애쓰고 힘써야 할 하늘이 내린 터전이다. 언덕 밑 아랫마을이 보이지 않는 적막강산 고즈넉한 더없이 맑고 고요하여 글을 쓰기에는 안성맞춤이지요. 맨땅에 헤딩, 낙타 무릎이 되도록 박박 기어 영혼 육이 깨어나 놀라운 능력으로 새 옷을 입고 또 한 번의 기적을 체험케 되는 참으로 놀라운 동산, 기적의 터전이 되기를 소망하네요.

앞을 바라보니 논밭전지, 내 것인 양 문전옥답 펼쳐지고, 내 것처럼 기쁨이 밀려오지요. 마음에 위안 삼고 뒤를 돌아보니 자칭 남도의 금강산, 고흥의 자랑 최고봉인 팔영산이 있지요. 팔영산의 자락이라 고라니 뛰어노는 인적 드문, 발길 닿지 않은 청정지지, 깨끗한 터전이지요.

환난 풍파 세파에 쉬고자 하는, 모든 이들 얼싸안고, 몸에 좋다는 피톤치드 뿡뿡 날리는, 향기로운 편백나무 숲에서 평강의 쉼을

얻고, 영육 간에 더욱더 강건하여 사람의 본분을 지키고, 사람 냄새 물씬 풍기는, 새롭게 태어나는 새 생명의 터전이 되기를 기대하면서, 야무진 꿈을 꾸지요. 근심걱정 고통으로, 심신이 지쳐있을 때, 자연의 따뜻한 품 안에서 참 평강을 누리며, 영육이 회복되는 치유의 터전이 되기를 소망하네요.

공수래공수거

본시 사람은 공수래공수거, 너나없이 무일푼
빈손으로 왔다가 빈손으로 가는 법, 애달파 하지를 말아라!

개척지 이곳에서 무한경쟁, 모든 욕심 내려놓고,
면경 같은 마음으로 글을 쓰며 살아가노라면,
글의 성지 성지골, 좋은 날 있으리라

너무 슬퍼하지는 말아라!
귀농귀촌, 조용히 소망의 닻을 올리고
둥 둥둥 북을 울리며 칩거와 은둔으로 야윈 마음
살찌우리라!

둥덩같이

191115

오자마자 길이 막혔지요

　돌다리도 두들겨 보고 건너라는 말이 있지요. 서두르다 보면 실수하게 마련이지요. 차근차근 살펴보아야 했었지요. 내 탓이요? 어쩔 수 없지만, 이리 보아도 저리 보아도 자연은 참 좋은데, 그 속에 담긴 내용물인 인간들은 엉망진창 기구벌창으로, 어리석기를 이루 말할 수 없지요. 인간의 마음속에 악하고 더럽고 추한 죄가 들어왔기 때문이겠지요? 세상에는 서로 대립하고 선과 악이 반드시 존재하기 마련이겠지만, 때론 서로 소통하고, 타협하고 공존하기 위하여 노력들 해야 하겠지요. 그러기에 선과 악을 잘 구별하는 식견과 안목이 필요하지 않을까요? 선악 간에 반드시 심판하신다고 성경은 말하지요.

　어떤 이는 눈에 들보가, 어떤 이는 눈에 티가 있다 하지요. 제 눈에 들보가 들어 있는 줄은 모르고 티가 들어 있는 상대방의 허물을 신나게 들추지요. 제 허물은 모르는 채로 말이지요. 모두들 왜 이러나요. 서로 잘났다고 삿대질에 언성을 높이기까지, 야속야속

눈꼴 사납게 똥 묻은 개가 겨 묻은 개 나무라듯이 어이하면 좋단 말인가요?

인간의 인두겁을 쓰고서 인간다운 냄새조차 나질 아니하네요. 고작 한다는 짓이 상대방 바짓가랑이를 붙잡고, 한 발짝도 나아갈 수 없도록, 죽기 살기로 잡고 늘어지니, 피차 무슨 장래가 있을 것이며 무슨 낙을 누리겠는지? 가련한 인생들이여! 말을 말아야 하지요.

길이 막혔지요

산천은 말이 없지요
당도하자마자 오자마자
무슨 날벼락, 길이 막혔지요
그저 더러는 상관없다고 불구경이지요
허겁지겁 급하게 먹은 밥이
체한 꼴이지요

누굴 탓하리오!
요모조모 살피지 못한 대과이지요
농촌, 옛날 인심 출장 중이지요
농경사회, 도란도란 살던 인심은 아니지요

이런 일이 있으리라고는 미처 몰랐네요
누굴 원망하겠어요, 부덕의 소치지요

그저, 그저 나 죽었소!
속고 또 속고,
코 베인 인생!
한숨만이.

김장 김치 하던 날

때는 바야흐로 만산홍엽, 울긋불긋 예쁜 단풍이 물들고 먼 산 동대산에는 눈이 내리는 하얀 겨울의 초입, 엄동설한 겨울 준비에 허둥지둥, 눈코 뜰 새 없이 한 참 바쁜 시기에, 그중 연례행사, 김장 김치 담그는 것이 대사 중에 대사지요. 김장은 반년 농사라 했지요. 김장 김치로 고난의 행군 반년을 견디어야만 했고, 일 년 내내 먹어야만 했지요. 김치 없는 식사는 상상을 못 했지요.

김장 김치를 담그기까지 온 집안 식구들은 봄부터 가을까지 허리를 졸라 맸지요. 삼복지경 입추에 씨를 뿌려 가꾸어 온 무, 배추, 온통 식구들의 먹거리가 우선으로, 오로지 엄동설한 한겨울, 먹을 양식 준비에 온 힘을 쏟아야만 했었지요.

집안 아낙네들 배추, 무를 다듬고, 소금에 절이고 씻어서 물기를 빼고, 명태를 삶은 육수와 무채, 갓, 쪽파, 고춧가루, 젓갈, 생강 등 잘 버무려 양념을 만들고, 배추, 무에 일일이 하나하나 양념을 바르고, 속박이로 무 쪽과 명태 등을 토막토막 잘라 넣었으니, 맛이며 영양을 생각하는, 옛 조상들의 삶의 지혜가 서려 있었지요.

한편 사내들은 무, 배추를 나르고, 무청을 엮어 처마에 걸고 마당 한쪽에 김장독을 묻기 위해 땅을 파고, 서까래를 세우고 이엉을 엮어 촘촘히 덮고 눈비를 막아줄 김치 광을 만들었지요.

김장 김치 하던 날은 잘 먹는 날이었지요. 모처럼 일가친척, 이웃이 모여 서로 돕는 품앗이로 김장을 했으니, 먹는 것도 잘 먹어야 했지요. 무쇠솥에 돼지고기를 삶아 내어 숭덩숭덩 썰어 수육으로 먹고, 성성한 굴을 무쳐내고, 갓 버무린 김치며 배추쌈에 부러울 것이 없는 만찬이었지요.

김장 김치 담그던 날, 함께 하셨던 할아버지, 할머니 아버지, 어머니는 본향으로 이미 길을 떠나셨고, 피를 나눈 형제자매들은 또 하나의 가족을 이루어 제 갈 길로 떠났지요. 이젠 아내와 난, 단둘이지요. 예전 같으면 온 집안 식구들이 모처럼, 곰방대를 두드리며 자리를 지키셨던 할아버지 할머니, 출가한 딸자식까지, 마당 가득히 옹기종기 모여 앉아서 김장을 했으련만, 아내와 난 백발이 되어, 예전에 그랬듯이 딸자식 줄 것까지 김장 김치를 담았지요. 옹기종기 다정했던 옛 가족을 생각하며, 맛있게 익어갈 김장 김치를 생각하며, 귀농귀촌하고 첫 김장 김치를, 아내와 단둘이서 머리를 맞대고 김장 김치를 담았지요.

너나없이 뿔뿔이 흩어진 가족!
가족을 생각하며.

191126

어느 파묘의 슬픔

쏜살같은 지난 세월 무엇이 그리도 바빠서 얼굴조차, 발걸음을 끊어 이토록 버성겼는가? 애처로워 어이할 거나 치렁치렁 가시덤불 제거하고 잘라내니 시원하고 어엿한 것을, 지난 세월 수년에, 가시덤불 수풀 속에 옴짝달싹 웅크리고, 가시에 칡넝쿨에 사정없이 칭칭 감겨 얼마나 답답했을 것인가? 파고드는 나무뿌리, 칡뿌리에 얼마나 아파했을 것인가? 수년을 지나서야 손길이 갔으니 속이 다 시원했으리라.

어느 파묘의 슬픔

콧구멍이, 시원한 것도 잠시뿐,
며칠이 못 되어 애달픈 파묘를 하다니,
어명이요, 파묘합니다, 파묘합니다.

삽 소리, 괭이 소리에 긴긴 깊은 잠에서 깨어나,
소스라치게 파묘의 슬픔을, 이 어이한단 말인가.
오랫동안 보지도 못했던 손자손녀, 딸자식들,
얼굴 한 번 보여주지 아니하더니?
그것도 파묘란 말인가
이제 와서.

좋을 대로 하려무나!
얼굴조차 발길 끊었던
구차한 소리 하고 싶지는 않으니,
아서라! 어디 믿을 구석 있겠는가?
차라리 이리저리 쏘다니며 내 맘대로 훨훨 날아
자유를 구가하리!

유구한 고향 산천
정들었던 집을 버리고,
분골의 아픔을, 또다시 한 줌의 재로
때마침 불어오는 실바람을 타고
훨훨 날아 산을 넘고 들을 지나,
영영 이별의 아픔을 간직한 채로
인생은 고뇌와 슬픔뿐이라고
영영 이별이다

외마디 비명을.

살아생전 손자손녀를 보며 딸자식 키우느라? 등골이 휘도록 일했을 텐데, 성지골! 이 산천에 지남철로 영원한 집을 짓던 날, 이웃이 애도하고, 가족의 애절함은 어디로 가고 뿔뿔이 흩어졌단 말인가? 어이하여 지난 세월 남 부끄럽지도 않았는지? 이다지도? 손길 하나 없었던고, 천둥 치듯 벼락 치듯 망자의 질책 소리가 들리는 것만 같았지요.

구입한 땅에 묵혀둔 분묘가 있어 걱정을 했지요. 천만다행으로 후손이 나타나서 이장을 하게 되었지만, 한편으로는 가슴 아프고 허망한 마음이 들었지요.

가슴 아팠을 후손들과 수고하신 모든 분들께
깊숙이 머리 숙여 감사와 애도를
하늘의 위로와 평강이
생애에 늘….

191202

옥수수광밥의 시련

쫓기듯 떠나야만 했던 거창 동변리에서, 지난봄 옥수수를 심었지요. 봄이 되자 일찍이, 수년 묻혀두었던 비탈진 메마른 밭에 사정없이 던져져서 근근이 파란 싹을 틔우고, 여름에는 발가벗긴 채로 가을 내내 알알이 수치스러운 알몸으로, 수도 없이 들락날락 끌려 나와 따가운 뙤약볕에 사정없이 이리 굴리고 저리 굴리고 손으로 비벼대며, 죽도록 달달달 볶여 마르고 말라서 비틀어지도록, 갖은 수난을 다 겪었지요.

터널 같은 누런 광목 자루 속에 인정사정 볼 것 없이, 사정없이 처박아, 옴짝달싹 못 하고 서로 몸 동아리를 부딪쳐서 아리도록, 얼기설기 뒤엉켜서 겨우 적응하여, 지나온 시련을 잊고 살라 손치니, 거창에서 순천까지 끌려와 매서운 겨울 어느 날 오일장 장날, 남도 순천 풍덕동 아랫장으로 일언반구도 없이 다짜고짜 영문도 모르는 채, 끌려갔지요. 여기저기 웅성웅성하는 소리에, 어렵사리 처박혔던 머리를 근근이 쳐들어, 답답했던 숨통이 조금은 트이려

나 싶더니, 얄궂게 생긴 둥근 주물 통 속으로 일순간 밀려 미끄러지듯 들어갔지요.

당원 세례

달달한 당원으로,
가차 없이 머리부터 발끝까지,
흠뻑 뿌려 졸지에 세례를 받았지요.
일순간 생명의 부활을 꿈꾸었지요.
하지만, 다음은

활활 소리를 내며 솟아오르는 불꽃, 씽씽 소리를 내며 빙글빙글 돌아가자 소름이 돋는 공포를 느꼈지요. 점점 뜨거워지고 메스꺼운, 눈앞이 노란 멀미에 정신없이 나뒹굴고 널브러져서, 살이 타들어 갈 듯, 살려달라는 절규와 아비규환으로 죽도록 소리쳤건만 야속하게도, 모르는 척 모두 외면했지요.

얄미운 사람들!

인정머리 없이 얄미운 사람들!

어느 누구 하나도 구원의 손길을 내밀지 않았지요.
피를 토하며 목 놓아 소리쳤건만
매정하게도
아무도

뜨거운 통속에서 뒤죽박죽 들들 볶여, 잠시 정신줄을 놓고 쓰러져서 생사를 넘나드는 사경을 헤맬 때, 펑 소리와 함께, 하늘 높이 붕 뜨며 튕겨져 날아가다가 미리 쳐 놓은 촘촘한 그물에 머리를 세차게 부딪치며 곤두박질로 아이쿠, 서로 틀어 안고 날 살리라고 소리소리 비명을 지렸지요. 근근득신 넋 놓고 정신을 차리고 보니, 온몸은 상처투성이 만신창이로 갈기갈기 터질 대로 터져, 온몸이 발갛게 부풀어 올랐지요. 살신성인, 민족 간식 광밥이 되었지요.

개다리소반 위에

별빛 총총한 차가운 겨울밤
구사일생 근근이 몸을 가누며,
개다리소반 위에 발가벗은 채로
속절없이 옹기종기 모여 둘러앉은
이름 모를 사람들 앞에 무릎을 꿇고
그토록 두 손 모아 빌고, 빌어보았건만

인정사정 피도 눈물도 없이 잡히는 족족
목구멍에 걸터앉아 순간 온 몸을 던졌지요
비명을 지르며

너희들은 무사할 줄 알았더냐?
이 인간들아!
쪽 나리라!
언젠가는.

191209

냉이와 감자

어울릴 것만 같지 않은 두 친구를 만났다. 냉이와 감자지요. 냉이는 겨울 냉이요. 감자는 막 입추를 지나 가을에 심는 가을 감자 구황식물이지요. 냉이는 밭 변죽 불룩한 둔덕에 파릇파릇 고개를 내밀고 찬 겨울바람을 온몸으로 감내하고, 자리를 지키고 있었지요. 가을 감자는 산 중턱 배불뚝이, 양지, 작은 둔덕 밭에 감지덕지 은혜로운 단비, 신선한 바람, 온 가을볕을 묵묵히 한 몸에 받고, 흙투성이 촌로의 솥뚜껑 같은 손끝에서 자랐지요.

냉이야! 감자야!

얼토당토않은 때 이른 계절에
어찌, 어찌하여 벽두 일찍이도
서로서로 머리를 맞대고 밀어를 속삭이다가

부지런하고도 부지런한 울 마누라의 눈에 딱 걸려
매몰차게 끌려와서 모욕 재개 저녁 밥상에 올랐구나!
너희들의 살신입절, 불타는 희생을
무엇으로 무엇에 견주랴

입 안 가득 풀 향기를
찰지도록 팍신팍신 꿀맛 같은 일용할 양식
감지봉양 선사하였으니
이 어찌 감사하지 아니할까?

음! 이 맛이냐?
귀농귀촌 딱 이 맛이야?
감지덕지, 살다 살다 이런 나날도
온 누리에 서광이
비추리라!

    며칠 추운가 싶더니 그래도 따뜻한 볕에, 해를 품고, 들로 나아갔
지요. 부지런한 아내는 냉이와 가을 감자를 캐어 식탁에 올렸지요.
벌써 봄 향기가 물씬한 계절이 온 듯이, 집안 가득히 냉이 향기로
가득 채웠지요. 이것이 시골살이 진면모이자 기쁨이 아닐까요?

200104

새해 벽두, 팔영산 산록에서

해가 뉘엿뉘엿 높은 나뭇가지에 걸려 옅은 그림자를 드리우고, 어스름 밀려오는 땅거미, 바람에 실려 오는 세상 소식, 아랫마을 컹컹 간간이 들려오는 개 짖는 소리, 쥐죽은 듯 고요하기만 한 산록에서, 힘겹고 무겁기만 했던 생에 봇짐을 내려놓고, 하늘이 내린 터전에서 첫날 밤, 원삼 족두리 벗어 버리고 쪽 찐 머리 옷고름 풀어 헤치던, 사랑하는 임과 함께 얼기설기 뒤엉켜, 계절 따라 뿌리고 가꾸며, 유유자적 소박하게 살아가련다.

새해 벽두, 산록에서

새해 벽두, 소박한 꿈을 꾸어
눈을 감고, 귀를 막고, 입을 닫고
그리할 수만 있다면,

어스름한 산록에서 살아가는 것도 유익이지
바람 따라 유유자적 좋을시고.

인생은 짧고 유한하니,
하늘의 뜻 헤아리며
구질구질 세상 욕심 내려놓고,
점지하신 소중한 생명체
하나하나 알뜰살뜰히
하하 호호 오직 자연과 함께

얼기설기 단단히 넝쿨이 되어
알뜰 살들 자작자작
빨강 파랑 노랑 연줄을 잡고
천명, 점지하고 점지한
주어진 연한 연수대로
한운야학 근신하며 살아가리라.

200221

개미역사가 시작되다

기계문명 시대에 뒤떨어진 고생고생 개고생 힘든 원시 농사, 관행 농사가 이 시대에 얼토당토않게, 웬 말이냐고, 많은 이들이 수군수군 말들 하겠지만, 맨손으로 정성껏 씨뿌리고 정성으로 가꾸는, 재미가 이만저만 그만인 것을 어찌하랴. 누가 뭐래도 그리 살아가리라!

알파고 사차원, 멀티 자동화 시대, 스마트 팜 시대에 개미역사가 웬 말이냐고 쑥덕쑥덕 말들 하겠지만, 이마에 송골송골 이슬땀을 흘리며 매 가꾸는 것이 쏠쏠한, 나름 재미가 있지요. 땀 흘린 노동의 대가는 일용할 양식으로 꽃을 피우지요. 인류 생명의 먹거리요. 하늘이 내리신 신성한 것이지요.

신천신지 개미역사

손발이 다 달도록,
다문 입술 말갛게 터지도록
산록에 코를 박고
신천신지 개미역사
나무늘보 거꾸로 매달렸다

사랑하는 반쪽이와 오손도손 얼싸안고.
칡 순 넝쿨 걷어 내고, 다칠세라 돌을 줍고,
나무뿌리 파내고, 낙엽은 긁어내고,

갈퀴로 긁어내고, 삽으로 뒤집고,
괭이로 찍어내고, 쇠스랑으로 고르고,
호미로 골을 타고, 씨뿌리고,
김을 매고 가꾸며,

일하기엔 딱 좋은
남실남실 바람을 탄다

봄나물의 비화, 너마저

보기 좋고 먹음직도 한 것이 머리끄덩이 호되게 잡히고, 날카로운 호미 끝에 찍히어 자지러지게 비명을 지르며, 들었는지 말았는지 사정없이 줄줄이 끌려왔지요. 미처 피지도 못한 이 봄날에 죽도록 봉변을 당했지요.

보기에도 움츠리고 영문도 모른 채, 발기발기 껍질을 발가벗고 온갖 양념이 투척 되고 이리 뒤 척 저리 뒤 척, 애처로이 어찌할 바를 모르지요. 마지막으로 미끈미끈한 참기름에 분단장 몸단장, 가쁜 숨을 몰아쉬지요. 미처 피지도 못한 어린것들이 꽁무니째로 끌려와서 이 봄날에, 아내의 손끝에서 먹거리로 아름답게 재탄생되었지요.

너 신세나, 내 신세나 쌤쌤이, 피장파장이다. 불쌍타 처량타 못해, 끝끝내 이러지도 저러지도 힘없이 고개 떨구고 나 죽었소! 하지요. 미처 피지도 못하고, 이 봄날에 끌려와 하소연도 연유도 모르고, 밥상에 오른다.

먹음직도 한 것이, 온갖 향기로 천하제일미, 우적우적, 인정사정도 없이 하소연도, 절규도 비애도, 공포의 도가니 속에 먹거리가 되었지요. 미처 피지도 못한 가련한 것들이, 이 봄날에 어이하나요.

봄나물

봄나물이여!
아내의 손끝에서 향기를
뒤척뒤척, 오물조몰 곤혹을 치르고,
다시 태어나다.
사랑으로

이렇게 봄이 왔건만, 다시 순천을 떠나야 한다. 믿었던 순천, 너마저 고약하다. 이번이 다섯 번째지요. 완도에서 터줏대감의 등쌀에 혈압이 올라 고생 끝에 길을 나섰고, 김천에서 사고팔기로 한 약속을 헌신짝처럼, 일구이언 이부지자라는데 계약을 파기 당하고, 거창에서 계약기간이 만료되지도 않았는데 비워달라고 쫓기듯이 길을 나섰고, 고흥에서 집을 구하다, 구하다 빌려주겠다기에 가서 계약했더니 약속은 온데간데없고, 다른 사람이 보러 오기로 했다며 헛소리로 퇴짜를 당하고, 하는 수 없이 중간 기착지인 순천에 급히 짐을 풀어놓았건만 석 달이 채 안 되어서 집을 새로 짓는다

고 비워 달라고 하니, 어찌 인심이 이다지도 고약할까? 그 좋던 옛
날 인심이 아니지요? 기가 찰 노릇이지요.

인생

인생, 인생 개고생이라더니
죽지 못해 살고 죽어야 끝이라더니
찢기고 터지고 고생고생 생고생 인생이로다.
그 좋던 옛 인심은 어디로 갔나?
구질구질 구차가 따로 없다

팔도를 휘휘 돌아, 휘돌아 보니
그 좋던 인심은 온데간데
대동소이 거기서 거기
비가 내린다.

인생,
가면 갈수록 태산
고약타!
참.

200323

표고버섯 종균을 접종하다

겨울 동안 원목을 준비하고 종균을 준비하였던, 적당히 마른 표고 원목에 표고버섯 종균을 넣었지요. 마마 자국처럼 뚫린, 촘촘히 뚫린 자국 자국마다 종균을 넣었어요. 내일 모래까지는 무시로 작업을 하여야겠어요. 손가락이 아프도록 열심히 해야지요.

큰마음 먹고 그동안 준비한 만큼 튼실하고 보기에도 좋은, 표고버섯이 빼곡, 빼곡, 빼꼭히 총총 났으면 좋겠어요. 표고목이 부러지도록, 으스러지고 부스러지도록 몸을 던져 생을 다할 때까지 수확해야 하겠지요.

봄, 여름, 가을, 겨울이 지나고 새봄이 오면 수확할 수 있을 거예요. 오늘이 어떻는지, 내일이 어떻는지, 아무도 모르고 장담할 수는 없지만 소망을 가져봅니다. 만 땅, 차고 넘치도록요.

돈꽃

항암에도 좋은,
화고 동고꽃이 피었어요
버섯꽃이 피었어요
돈꽃이 피었어요

건강에도 살림에도
두루두루 좋다는,
기대가 되네요
기대가
만 땅.

불신의 세계! 믿을 수 있는 세상을

불신의 세계

남편은 아내를 아내는 남편을,
부모는 자식을 자식은 부모를,
형제는 형제를 친척은 친척을,
주민은 행정을 행정은 주민을,
국민은 국회를 국회는 국민을,
국민은 국가를 국가는 국민을,

소비자는 상인을 상인은 소비자를,
회사원은 회사를 회사는 회사원을,
농업인은 농협을 농협은 농업인을,
학부모는 학교를 학교는 학부모를.

불자는 사찰을 사찰은 불자를,
성도는 교회를 교회는 성도를,
신자는 천주교를 천주교는 신자를,

환자는 병원을 병원은 환자를,
임대인은 임차인을 임차인은 임대인을,
현지 주민은 귀농귀촌인을
귀농귀촌인은 현지 주민을.

어찌 이뿐이랴? 세세히 하나하나 다 열거하려면 지면이 부족하지 않을까요? 세상은 불신의 세계지요? 서로, 서로를 믿지 못하니 이 어찌하면 좋으랴? 다는 아니겠지만, 이 어찌 하리요? 평소에는 말을 섞으며 사이가 좋다가도, 돈이든 무엇이든 크고 작은 이해관계만 생기면, 불신이 생기면 다투고 전쟁도 불사하지요? 으르렁거리는 맹수들처럼, 죽자 살자 매섭게 돌변하니 어찌 하리요? 이웃을 내 몸같이 사랑하라 하셨지요? 우리 모두의 관계를 이웃이라고 말씀하셨지요? 우주 만물, 세계 하나하나 모두 다 사랑하여야 할 이웃들이지요?

옛 속담에도 이웃끼리 황소 한 마리 가지고 다투지 않는다고 말하였으니, 알고 보면 웬만하면 용서하고 잘 지내라는 말이겠지요. 모든 것은 조물주에 속한 우리는 이웃이라는 것이지요. 서로 못 믿는 불신의 세계, 불신으로 금이 가고 피 튀기는 다툼이 나겠지요. 서로서로 불신을 말끔히 걷어내어야 하겠지요?

개 눈에는 똥만 보인다고 하지요. 무엇이 그리도 못마땅하여 똥만 보일까요? 어찌 보면 은사 중에 으뜸으로 귀한 은사가 아닐는지요? 그나마 똥오줌을 분별할 줄 아니까, 천만다행이지요? 그저 단순한 오만불손이 아니라, 뒤틀린 불평불만이 아니라, 사회가 변하기를 바라는 작은 소망일지도 모를 일이지요. 세상 돌아가는 세태를 보면, 똥만 보이는 것이 지극히 정상이 아닐까요? 적어도 똥인지 된장인지는 알아야 하지 않을까요?

회복

좋은 생각만 하자!
과연 그럴까
개처럼 똥만 보이는 걸
개는 개다.

개라도 좋다.
똥오줌은 알거든
적어도 똥이 되어서야?
똥은 거름이라도
우라질!

말끔히 일소하자! 불신의 세계!
바뀔 수만 있다면,
깡그리
모조리
단박에

회복,
신뢰가 살아나기를
사람이기를
오직

팔영산 산협! 결국에는

남도 팔영산 아름다운 산협에서 이럭저럭 사노라 하니, 어려움도 많지요. 먼저는 주거문제지요. 임야를 사서 자연과 함께 글을 쓰며 살겠다는 다짐을 하고 또 다짐했건만 호락호락 녹록지 않지요. 결국, 길 문제로 산지에는 입성을 못 하고 귀농귀촌인을 위한 귀농인의 집에 우선 기거하기로 했지요. 울며 겨자 먹기식으로, 어찌하랴? 되살이 참살이 서로를 위해 살아가려 하지만, 토할 것만 같은 뒤틀린 속을 다잡기 위해 산협으로 나섰지요. 마침 봄이라 건강에 좋다는 먹거리가 하나, 둘, 지천이지요. 산협을 이리저리 휘 돌아서 봄나물을 땄지요. 다래 순, 취나물, 고사리, 참두릅을 땄지요. 야지에서는 쑥, 달래 머위를 땄지요. 봄이 깊으면 깊을수록 하나둘 점점 이것저것 늘어나겠지요. 피조물을 위한 먹거리가, 이처럼 시름이 가시기를 소망하면서 산협을 쏘다녔지요.

시름

뿔 바구니 한가득.
푸릇푸릇 봄이라서 좋다
산협이라 좋다

모든 환난풍파 모든 시름
절망에서 희망으로
모두 잊자!

그래도 웃자!
그래 웃자! 웃지요
뒤집어지도록
편하게

고추, 총각무를 심다

다년간 언제부터인지, 임자를 못 만나 묵혀두었던, 세월의 때가 묻은 밭을 곰실곰실 일구었지요. 사랑하는 아내와 함께 둘이서, 풀을 뽑고 올망졸망한 돌을 주워내고, 토닥토닥 괭이질로 울퉁불퉁한 땅을 고르고, 숨을 몰아쉬며 이슬땀을 훔치며, 일하는 내내 걱정 아닌 걱정을 했지요. 무엇을 심어야 할지, 무엇을 심어야 거두게 될지, 때가 때인지라, 괜한 걱정을 하고 있었지요. 임자 만난 밭은, 보기에도 숨이 트인 듯 싱글벙글 웃고 있었지요. 오만가지 잡동사니로 가득 채워졌던, 시름으로 지새우던 밭은 얼굴이 훤해졌지요. 경자유전, 땅은 가꿀 사람이 가져야 하지요. 이처럼.

생각 좀 하고 살자!

이 빵상들아!

땅이 있다고 위세나 부리는 사람들,
묻혀두어 생산에 걸림돌이나 되는 사람들,
땅을 투기의 대상으로 삼는 사람들,
생각 좀 하고 살자!
귀농귀촌 농촌을 위하여
만인을 위하여.

귀농귀촌, 천생 농군이지요.
아자! 아자!
오늘도 내일도

곰실곰실 다듬은 밭에 고추를 심었어요. "고추가 제아무리 매워도 시집살이보다 더 매울쏘냐?"라는 말이 있으니? 고추 또한 맵다는 말이겠지요?

올해도 어김없이 매운 고추를 심었어요. 1차로 100포기를 심었어요. 2차로 200포기는 더 심어야 1년을 버틸 수가 있는 먹을거리가 될 것 같아요? 누가 보면 그저 소꿉장난이지요. 고추는 한초로 우리의 음식문화 속에서 심지 않을 수 없는 기호식품, 뺄래야 뺄 수 없는 양념으로, 올해에도 정성껏 심었어요. 풍년 농사를 기대하면서요.

고추여!

고추여!
매워도 다시 한번
풍년, 풍년 농사를
좋을시고
고추여!

먹고 살자면 어디 고추뿐이랴? 얼마 전에 심었던 담녹색 총각무, 아내의 손끝에서 새하얀 속살을 드러내고 밥상에 오를 채비를 하지요. 지난 몇 해 동안, 바람처럼, 물결에 휩쓸려 부초처럼 떠다니다가 자급자족 살림살이 거들떠볼 겨를도 없이 떠돌다가, 자분자분 잔재미가 쏠쏠한 텃밭 가꾸기, 이래저래 손을 놓고, 농부들이 정성껏 땀 흘린 먹거리를 하나하나 사 먹기에만 급급했었지요. 몇 년 동안 고이 묵혀 두었던 생명 같은 씨앗이 봉지, 봉지 담겨 있길래, 아내와 머리를 맞대고 소곤소곤 반신반의 심어 보기로 하였지요.

질긴 생명의 씨앗은 잉태했고 자랐지요. 그간 바싹바싹 타들어가는 가뭄을 견디고, 병충해도 비바람도 거뜬히 견디어 수확의 기쁨을 안겨 주었지요. 오롯이 총각무로, 씨앗, 한 알의 희생으로 목마른 영육을 살찌게 하였지요.

총각무, 영육을 일깨우다

하늘이 내린 놀라운 생명력,
사랑이라는 한 톨의 씨앗이
너의 생명력은 대단하여 밥상에 오르니,
영육을 일깨우는 풋풋한 사랑으로,
새콤 달콤 총각김치 기다려진다.
따가운 여름을 품고
노력의 산실 땀으로
오직

향기 품은 생명!
땅을 뚫고 하늘을 이고
총각무! 총각김치!
영육을

노동 예찬! 근로자의 날에 즈음하여

　내일 오 월 일 일 노동절, 근로자의 날이지요. 노동은 가장 큰 가치요, 불면에 보약이요, 건강에 유익한 보약이지요. 살아 숨쉬며 일할 수 있기에 함께할 동료가 있기에 감사, 감사한 일이지요. 최일선, 최전선에서 당당하게 일과 맞서는, 당신은 가장 위대한 역군, 자연의 용사들이지요.

　보무도 당당한 가장 멋진 역군, 가슴에 훈장을 달아주고 싶을 정도로, 귀농귀촌, 농사, 아무나 할 수 있는 일은 아니지요. 자부심을 가져야지요.

가장 멋진 역군

농부 노동자여!
귀농귀촌 농부 노동자여!

당신은 잠시 잠깐이라도 일하고
세상을 즐길 권한이 있다
당당하고 멋지게 일하고 편안히 쉬라!
스쳐 지나가는 신선한 바람도,
목을 축일 수 있는 맑은 물도,
폼나게 마실 권리가 있다
농부 노동자 당신에게는

하늘에 감사하라!
농부 노동자에게 감사하라!
생명이 달렸나니
오롯이

신선놀음이 따로 있더냐?
힘껏 일할 수 있다는 것이 신선놀음이다?
노동은 신성한 것이다.
하늘의 지상명령이다.
태초부터
언제나

나른한 오후! 또 하나의 노동자! 이순이가 태평이다. 멍멍이 이
순이, 옥수수를 심고 생각 끝에 이순이에게 임무를 맡겼지요. 쫓

으라는 비둘기는 아니 쫓고, 따가운 햇볕을 피해 태평이지요. 개 팔자가 상팔자라더니, 팔자 좋게 임무를 반납하고 한가로이, 무사 태평으로 낮잠을 자네요. 고요하고 한적한 거침이 없는 산록에서 눈치코치 입 다물고 말도 없이, 늘어지게 보란 듯이 낮잠을 잔다. 무사안일 무사태평이지요. 쿨 쿨쿨 눈치 없이 낮잠을 잔다.

산천초목도 덩달아 쥐 죽은 듯이 나른한 날개를 접고, 개울 건너 보리밭도 숨죽인 오후 나절, 나른한 오후, 산록에서 이순이 낮잠을 잔다.

이순이, 잊었는가?

이순이 무사태평이다
드르릉드르릉 늘어지게,
안하무인 대자로 빈둥빈둥
지키라는 키다리 옥수수
신성한 노동을
잊었는가?
이순이

세상에 신성한 노동의 현장에서 더러더러 무지막지한 자들이 있으니, 혹자들은, 벼룩이 간을 빼 먹는다지요. 하루 벌어 하루를 살아가는 노동 품팔이에게도 빌붙어 산다지요, 빈대처럼, 입에 풀칠하기도 빠듯한 일용직 근로자의 뼈 빠진 것을 오롯이 빼먹는다고 하지요.

세상에나! 세상에나! 벼룩이 간을, 눈도 깜짝하지 않고 흡흡 흡 혈귀처럼 고혈을 들이키니, 돈맛이 그리 좋더냐? 피 맛이 그리 좋더냐? 이 어인 말이오? 대략난감이지요.

통탄할 노릇

오호라!
통탄하고 또 통탄하고 통탄할 일이로다.
겉옷을 달라면 속옷까지
오 리를 가자면 십 리를
그리 못할망정 벼룩이 간을,
통탄할 노릇이로다.
피땀을 삼키지 마라!
쓰다.
아주.

어김없이, 또 하나의 텃밭을

오늘도 어김없이 남도 팔영산 자락에는 투닥, 투닥 쟁기질 소리, 달그락달그락 뒤적뒤적 돌 줍는 소리, 때마침 불어오는 바람을 타고 푸른 산자락을 오르더니, 또 하나의 텃밭이 되살아났네요.

제멋대로 울퉁불퉁 생긴 널브러진 돌들을 골라내어, 식물이 좋아할 아늑한 돌 두둑을, 얼기설기 만들고 식재의 경계를 구분하니, 오밀조밀 모여 앉은 모습들이 사랑스럽다. 건강에 좋은 채소들이 자리하고, 각양각색의 먹거리들을 심어야 하겠어요. 채소들의 놀이마당, 또 하나의 텃밭이 만들어졌지요.

쓸모없을 것만 같았던, 자투리땅에 텃밭을 만들어 이것저것 심고 또 심어 보니, 멋진 텃밭이 되었다. 한 주간 공들여 만든 텃밭, 피땀 어린 피와 땀의 산물이지요.

어김없이 텃밭이

오호라!
만들고 다듬는 재미,
이것저것 심는 재미와 땀 흘려 가꾸는 재미
하늘의 기를 받고 농부의 손끝을 타고
푸짐한 먹거리들 덥석 베어 무는,
먹는 재미, 살살 녹는 이 재미에
남도 팔영산 자락 성지골에서
살아가노라! 함께
어김없이.

현풍 곽 씨 할머니!

투실투실 오동통한 마늘들이, 빨간 파란 망태기를 뒤집어쓰고, 꼼짝달싹 두 발 꽁꽁 묶인 채로 이리저리 팔도로 팔려 갈 준비를 하지요. 올망졸망 줄줄이 엮이어서 도회지 시장으로 밥상으로, 애석하게도 인정사정 사정없이 줄줄이 팔려갈 채비를 하지요.

손톱이 다 닳도록 애써 지은 마늘 농사, 헐값이라 선뜻 팔지 못하고 값이 좋아지면 파신다며, 애지중지 집으로 옮기시면서, 그래도 고흥 마늘이 최고라는 자부심만은 최고이지요. 수확의 기쁨은 잠시, 미덥지 못해 종종걸음으로 수확한 빈 밭으로 나가신다. 보다 못해 거들지만, 극구 사양하시는 모습에, 마음이 많이 아프지요.

그나마 값이라도 넉넉해서, 지폐뭉치 한 아름 가슴에 받아 들면, 처진 어깨에 힘이라도 오를 텐데, 세월의 질곡으로 패인 주름, 굽은 등 활짝 펴지기라도 한다면 좋으련만, 입가에 함박웃음 꽃이 필 텐데, 날아갈 듯 더없이 좋아 춤이라도 덩실덩실 추실 텐데, 내년에는 대박대박 풍년 농사 소망하네요.

현풍 곽 씨 할머니

현풍 곽 씨 할머니는
꼬부랑 굽은 허리로 힘겹게 마늘 수확을 하신다
이날 이때까지 평생 마늘 농사에,
골병 망태기를 들었다 놓았다,
헤아릴 수도, 수도 없이 수고했을 테지만,
꺽쇠처럼 굽은 허리, 갈퀴처럼 굽은 마디마디
산보들보는 고사하고 팽이 돌듯
여전히 힘겹게 일하신다
측은지심 태산이다

하늘의 은총으로
해풍으로 정성으로,
두말하면 잔소리, 고흥 마늘 최고라고
세월을 이긴 엄지손가락
보란 듯이 치켜세운다
높이,
높이

고흥의 자랑! 목일신 시인

고흥 읍내 서문리 골목길 통로를 따라, 목일신 시인, 아동문학가을 만날 수 있다. 그를 사랑한 나머지 많은 후진들이, 그를 만날수 있도록 골목길, 벽면, 벽면들에다 목일신 작가의 일대기, 면면을 아로새겨 두었지요.

우리들의 기억 속에서 잊힌, 사라졌던 시인을 만나다니 감동이지요. 갖은 수탈로 고난의 일제 강점기 어둡던 그 시절에도, 어린이를 사랑하는 감동의 물결이 있었지요. 형형색색 오색종이가 팔랑이며 골목 안 길 하나하나 가득가득 날리는 듯이, 낯선 이들을반기지요.

이름조차 생소한 시인인지는 모르겠지만 목일신 선생님은 "따르릉 따르릉 비켜나세요" 동요, "자전거", "누가누가 잠자나" 등의 작사가로 어린이를 사랑한 나머지, 어린이가 다음 세대의 주인이 되는동요를 지으신 시대의 선각자이시지요. 이름만큼, 경기도 부천에는목일신 자전거공원이 있다지요. 진즉 왜 몰랐을까? 고향이 고흥이라는 사실만은 미처 몰랐지요.

　일제 강점기 어린이들에게 사랑과 희망을 주었던 동요 "자전거" 지금도 여전히 불리는 사랑받는 동요이지요. 다음 세대, 그다음 세대에게도 여전히 불릴 동요, 영원토록 이어질 고흥에 자랑이지요. 영원토록 말이지요.

목일신 시인

아름다운 고흥,
고흥 읍내 골목 안 사잇길에서
따르릉따르릉 자전거를 만났지요
목일신 시인은 고흥읍 서문리 출생,
73년 평생을 끊임없이 어린이를 사랑하신,
사랑만큼 어린이 가슴 가슴마다,
꽃이 되리라!

끊임없이, 끊임없이
대대손손 가슴속 깊이깊이
영원히 피어나리라!
꽃이 되리라!
영원히

200616

농촌에 관심을 가져라!

　모름지기 관심이란 사랑을 의미하지요. 농촌은 뿌리요 도시는 꽃이라고 일찍이 말들 하지 아니하였던가? 뿌리가 시들어 버리면 꽃도 시들게 마련이지요. 꼭 귀농귀촌만이 아니라, 농촌이라는 그 속에서 삶을 영위하는 이들이 있기 때문에, 거기에 향수가 깃들어 있고, 그뿐인가? 우리들의 생명을 책임지는 건강한 먹거리, 터전이 있기에, 농자는 천하지대본이라고 하지 않았던가?

관심을 가져라

이웃에게, 농촌 농업인에게,
창조의 모든 피조물을,
하나하나 모든 것에 관심을 가지고,
사랑하고 그리고 감사해야 하지요

유아독존, 독불장군은 없다.

사랑의 출발은,
어떤 것에 마음이 끌려,
신경을 쓰고, 주의를 기울이는 관심에 있다
관심이 곧 사랑이다

절대자의 평강이, 사랑이
온 누리에 가득하기를
두 손 모아 빈다
농촌에
특히

200619

하루살이처럼, 오늘만큼은

비 온 끝에 하루살이가 제철, 제 세상을 만나, 산들산들 산들바람을 타고, 와글와글 살랑살랑 춤을 추네요. 어이하여 저토록 신명이 날까? 하루를 살더라도, 한참을 멍하니 바라보았지요.

단 하루를 살아서 하루살이라지만, 오늘 하루 이 시간, 이 시간만큼은 시름을 내려놓고, 금쪽같은 귀중하고 귀중한 시간, 시간, 때로는 분초를 다툰다고도 하지만, 몸 달구어 즐겁게 살아가자고, 저리 저리도 춤을 추는데?

어떤 이는 일분일초가 아까워서, 하루가 아까워서, 일 년이 아까워서, 평생이 아까워서, 저리저리 죽도록 뼈 빠지게 일들을 하지요. 공수래공수거, 종국에는 빈손으로 가야 하지요. 허망하게 눈물 흘리며 뒤돌아보고, 뒤돌아보고 보고 또 보고, 총총히 은막의 뒤안길로 사라질 것을, 지지고 볶고 애석하지요.

하루살이처럼

무엇이 다를쏘냐?
하루살이나, 사람이나
종이 한 장 차이, 글자 차이
긴가, 민가 진배없지요?
시간, 시간, 세월에 떠밀려 살아가기는,
도긴개긴 피장파장 피차일반인 것을
태산 같은 일이 있을지라도
눈을 감고 가만히 쉬어야겠어요

충천한 욕심 다소곳이 내려놓고
죽을 둥 조급한 마음을 접고
무상무념, 아무 생각 없이
하루살이처럼
오늘만큼은

200624

용서하기로 했다, 쿨하게

 길고양이 두 마리가 살금살금 마당에서 배회한다. 제 마당 쓰듯이 안중에도 없이, 어슬렁어슬렁 위풍당당, 보무도 당당하게 임전무퇴, 의기양양 하늘을 찌를 듯이 기세가 당당하지요. 언제부턴가는 제집인 양 일언반구 의논도 없이, 뜨락 한 모퉁이를 차지하고 어디 할 테면 해보란다. 배짱 두둑하게 물러섬이 없이 당돌하다.

 집에 온 손님은 내치지 않고 거저 보내는 법이 없다는 어르신들의 말씀이, 오롯이 귓가를 맴도니, 어이하랴? 이래저래 내칠 수는 없지요. 이럴 수가? 은혜를 원수로 갚는다더니 때때로 먹을 것을 주며, 앞마당을 내어 주고, 마음대로 유하도록 놀이터로 내어 주고, 삼시세끼 꼬박꼬박 순대를 채워주고, 애써 있는 힘을 다해 돌보아 주었건만, 엊그제 분양해 온 분신 같은 병아리를 그만, 적자생존 약육강식이라더니, 무지막지하게 겨눈 감추듯이 해치웠지요.

 있는 것 없는 것 극진히 대접하였건만 어찌하여 그 짓을 하다니, 배은망덕 꼴사납게 그 짓을, 그래 하물며 만물의 영장이라는 사람

팔영산 야인 귀농귀촌 고군분투기

들도 그리할진대? 금수인 네가 대수이겠냐만, 아리다 마음이.

길고양이

무주택으로 주소도 없이
꼬리를 살랑살랑 대책 없이
여린 마음 어찌어찌하는 수 없이
보다보다 못해 대접하기로 했다
주상같이 정성을 다해
극진히

아뿔싸!
배은망덕 이럴 수가
병아리를 냉큼 무전취식
애시당초 눈이나 찔끔, 꾹꾹 감을걸
집안에 가까이 들이지나 말 것을

예끼 이놈!
길고양이 고약타!
용서하기로 했다
쿨하게

어찌 길고양이 너뿐이랴? 설상가상 사고뭉치 모기란 놈이 날쌘 돌이 블랙이글처럼, 하늘을 맴돌다가 얼씨구나! 기회는 이때라고 곤두박질 잽싸게 공격을 하고, 걸음아 날 살려라 지그재그 줄행랑, 도망을 쳤지요. 속수무책, 대책 없이 당했지요. 미물에 불과한, 한 줌 거리도 안 되는 모기에게 엉겁결에 일순간 당하고 보니, 화가 치밀어 올랐지만 어이하랴?

공격당한 언저리가 부풀어 올라, 긁적긁적 손으로 문지르며 네 이 놈! 게 서거라! 분통을 터트려 보았지만 이미 때는 늦었지요. 하늘은 어느 것 하나 지은 바, 거저 짓지 아니하였다 하니? 얄미운 모기! 지엄하신 하늘의 분명히 뜻이 있을 진데? 인간의 짧은 두뇌로 어찌 알리요? 어찌하리요? 되뇌이며 멍하니 하늘만, 바라보았지요.

얄미운 모기

하늘이시여!
고명하신 하늘이시여!
거룩 거룩하신 참뜻을,
그 크신 깊은 뜻을 얕고 알량한,
보잘것없는 인간의 얕은 지식으로
이 무지함을

하늘이시여!
하늘의 소관일진대
저 모기를 어찌할 수는 없단 말인가요?
뜻대로 하소서!
죽이든 살이든
아니올시다

하늘이시여!
생각 같아서는
다 먹고 살자는 일인데
모르는 척 없었던 일로 용서하기로 했다
일곱 번씩 일흔 번까지도
지엄하신 말씀에 따라
쿨하게

200626

종균꽃이 피었어요

꽃이 피었어요
종균꽃이 피었어요
긴 여정의 시작 어여쁜 꽃이 피었어요
몸단장 분단장 뽀얀 분칠하듯이
애기씨 하나하나 생명의 꽃이 피었어요
봄부터 여름까지 모진 비바람 속에서도
수확의 참 기쁨 소망의 꽃이 피었어요
귀농귀촌 피땀 흘린 꽃이 피었어요
담뿍담뿍
억수로

성지골! 날마다 소풍이다

날마다, 날마다 이 한날도, 설레는 마음으로, 삼라만상이 안도의 눈을 뜨면, 아름다운 한 세상이 눈앞에 펼쳐지지요. 어디선가 들려오는 소리 "날마다 소풍이다." 그래요? 날마다 소풍이지요. 해님이 자리를 뜰 때까지 달님이 둥지를 틀 때까지 부르시는 그날까지, 말이지요?

찌르륵찌르륵 풀벌레 소리, 재잘재잘 산새 소리, 살랑살랑 바람 소리, 졸졸졸 물소리, 온갖 자연의 소리, 해님도, 달님도, 구름도 대자연의 벗님들과 날마다 소풍이지요. 하늘의 객이 되는 그날까지 말이지요.

인생은 소풍이지요. 주어진 한 세상 잠시 잠깐, 소풍을 왔으니, 희희낙락 즐겁게 감사하며, 소풍처럼, 살아가야지요.

삶을 다한 해 질 녘, 서쪽 하늘 붉은 노을이 지고, 검은 어둠이 내려앉으면, 하늘로 총총히 누구도 대신 갈 수 없는, 본시 온 곳으로 돌아가야 하리니 그것이 인생이요. 인간인 것을 어찌하리요.

날마다 소풍

날마다
소풍으로 살아가세나!
내일도 모래도 그날까지
되거나 안 되거나 있으나 없으나
이루나 못 이루나 이런들 저런들 어찌하리요
웃으면서 감사로 기쁨으로

하늘가
해와 달과 꽃구름, 산새들과
고즈넉한 안식처 산록에서
유유자적 살아가리라!
소풍으로
쭉쭉
쭉

200629

어서 오세요! 아랫목으로

고즈넉한 산록에 장맛비가 오네요. 살랑살랑 바람을 타고 고깔모자, 커다란 갈잎에 토닥토닥 사르륵 소리를 내며, 어서어서 어서들 들어오세요. 장맛비에 옷 젖으면 아니 되잖소! 콜록콜록 오싹오싹 감기라도, 어이 하나요. 여린 마음 마음이 아프잖아요.

우락부락 콧수염에 구레나룻 옥수수 아저씨, 울끈불끈 근육질에 힘이 좋은 고추 아저씨, 손이 커서 맘씨 좋은 비단 같은 상추 아줌마, 둥글둥글 매끄럽고 넉넉한 호박 아줌마, 보슬보슬 뽀얀 속살 감자 아줌마, 호리호리 매끈하고 날씬한 오이 아가씨, 섬섬옥수 아름답고 고결한 백합 아가씨, 까무잡잡 오동통한 가지 아가씨, 모두모두 어서어서 어서 오세요.

어서 오세요

산새들이 재잘대는 오두막 하나
어서어서 어서들 어서 오세요
임 그리다 잠이 든 안방으로
군불 지펴 따뜻한
아랫목으로

200711

의식주로 장난질 치지 마라!

　의식주, 입는 것, 먹는 것, 잠잘 곳, 없어서는 안 될 기본에 기본인 것을, 그토록 시름하고 있는 걸까? 우린 왜?

　태초, 만세전에 아담과 하와가 하늘에 불순종, 괘씸죄에 걸린 대가가 아니던가? 가시덤불과 엉겅퀴를 내어 땀 흘려야만 한다는, 노동과 해산의 고통, 하늘의 이치 불호령을 잊지는 말아야 하지요. 귀농귀촌이야말로 온몸으로 마주하여야 할 현실이지요.

　의식주로 장난질 치지 마라! 그렇게도 돈이 좋더냐? 아무리 소중하다지만, 이 시간에도 누군가는 악전고투, 죽을 만큼 서러움, 피눈물로 생명이 달렸나니? 생각 좀 하고 살아야 하지요.

　인간은 털 없는 짐승, 맨싸댕이 알몸으로, 가릴 곳, 입을 것 안 입으면, 수염이 석 자라도 먹어야 양반이라고 말들 하지요. 목구멍이 포도청이라고 먹을 것 못 먹으면, 비바람 막을 것 못 막으면, 유할 곳이 없다면, 과연 살아갈 자 그 누구란 말인가?

　장난질 치지 마라! 의식주로, 특히 가족의 보금자리, 열심히 일하고 쉬어야 할 집으로, 하나면 족할 것을 거기에 무슨 또 다른 이유가 있단 말인가? 여우도 굴이 있고 새들도 둥지가 있다는데? 만물의 영장 사람이 의식주에 곤란을 겪는다면, 하늘이 격노하며 슬퍼할 일이지요? 금수가 웃을 일이지요?

우린, 홍익인간, 배달의 자손! 하나의 공동운명체! 너 죽고 내 죽는 일 하지를 말자! 너도 살고 나도 살자!

의식주

의식주는
선택이 아니라 필수이다.
장난질 치지 마라!
하늘이 무섭다.
제발

의식주 경시하지 말아요. 어찌 어찌하여 그리도 경시한단 말인가? 야속하게도 하늘이 내린 생명을 머리를 하늘로 치켜든 피조물, 인생들이여! 눈을 감고 귀를 막고, 코를 막고, 신경을 끊고 살아갈 수는 없지 않나요? 어찌하면 좋으랴! 생명, 경시풍조를, 생명을 경시하고, 자신을 경시하고, 부모형제를 경시하고, 이웃을 경시하고, 사회를 경시하고, 국가를 경시하고, 민족을 경시하고, 어찌

팔영산 야인 귀농귀촌 고군분투기

그리, 그리 그리도, 경시한단 말인가? 어찌 그리도, 우리 모두 관심
을 가지고, 경시하지 말아야 할 피조물이 아니던가?

경시

경시하지 말아요.
우린 다 같은 하늘이 맺어준
나눌 수 없는 형제, 자매이지요.
용모는 각각이지만
피를 나눈
천륜지정
분신이지요.
하늘의

드디어, 기다림 끝에 강낭콩을

너는 땅속 온기를 품고 파란 싹을 틔우고, 여리, 여리한 몸집을 쑥쑥 키워 왔었지, 꿈을 품고 내내, 때를 기다리는 촌로, 농부를 위해 줄곧 알알이 씨를 맺었구나!

때로는 농부의 발자국 소리를 들으며, 정성을 다해 다가오는, 손길을 느끼면서 생명, 에너지의 근원인 태양, 비, 바람을 타고 하늘하늘 춤을 추기도 하며, 때론 억세게도 버티어 온 세월이 아니던가?

숨죽여 가만히 너를 지켜보는 농부는, 희망과 기쁨이 점점, 천천히 밀려왔었지, 때가 되면 서로를 원하는 청춘 남녀의 애틋한 만남처럼, 지그시 눈을 감고. 너를 만난다. 격하게 너를 만났다.

강낭콩

알록달록 강낭콩
연지 곤지 빨간 루주
오뉴월 뙤약볕에 누굴 기다리나
임 그리워 붉은 두 뺨
기다리다, 기다리다
타들어 간다.

세월은 저만큼 앞서간다.
언제나

200814

청계와 오골계, 사랑놀음을

이 녀석들의 놀음놀이를 좀 보소? 꾸물꾸물 긴 장마 끝에 모처럼 화사한 볕이 들기에, 선심 쓰듯 큰마음 먹고 입가에 옅은 미소를 머금으며, 청계와 오골계를 새벽 댓바람에 콧바람 외출을 시켰지요. 녹음방초, 시원한 산록에서 날갯짓에 시간 가는 줄 모르고, 엊그제 땀 흘리며 옮겨 놓은, 산들바람이 어루만지는 시원한 그물 네트 작은 집에 들락날락하며, 이 녀석들의 사랑놀음에 눈 둘 곳이 없지요.

수탉이 암탉에게 먹이를 골라주며, 꼬꼬 거리며 양보하는 모습이 대견하지요. 어디 그뿐인가? 날개로 진한 비빗비빗까지, 정력이 좋아 몇을 거느렸는지, 아연실색으로 낯 뜨겁다. 쉿 한편으로는 비밀이지요. 울 마나님이 보고 알기라도 한다면, 아찔한 낭패 중에 큰 낭패로, 다짜고짜 당신은 비실비실 어쩌고저쩌고 이러쿵저러쿵, 어찌 청계와 오골계보다 못하다는 소리를 들을까 염려되지요. 쉿 비밀 함구지요.

그 누가 닭대가리라고 했던가? 어김없이 정시 칼퇴근으로 정확한 시간에 홰에 오르고, 옹기종기 오순도순 가족만 바라보니, 하물며 넉점박이 인간들은 제멋에 산답시고 가로등이 꺼질 때까지 오두방정을 떨다가, 꼴에 남들 눈이 무섭다고 살금살금 기어들어 오는, 오늘도 한 수 배웠다.

사랑스러운 녀석들의 사랑놀음을.

욕심이 문제로다

너를 보노라면 사람들이 야속하다. 너의 마음을 알 것만 같아 가슴이 저민다. 저토록 뒤뚱이며 부자유한 생을 마감하다니, 그렇게 만든 사람들이 야속하지요.

너의 DNA는 오로지 사람들의 욕심을 채우기 위해 맞추어 있는 시한폭탄과도 같으니, 어쩜 좋으니? 너의 모습이 가련타 못해 슬프기까지 하구나.

무조건 커야 먹을 것이 많다는, 질보다는 양으로 승부하고픈 사람들의 욕심이 문제지요. 그뿐만 아니라 빨리 커야 한다며, 크게 더 크게 더욱더 크게, 빨리빨리 더욱더 빨리, 한두 달에 팔아야 돈이 된다고, 욕심 덩어리를 만들어서 한입에 욕심을 채우고 채우려는, 이기심의 산물이지요. 사람들의 욕심이 부끄러워지지요. 용서하렴, 사람들의 욕심을 어찌하면 좋으니?

조물주의 설계는 안중에도 없고, 살을 찌워 뒤뚱뒤뚱 몹쓸 짓을, 그저 많이 먹고 움직이지 않게, 게으름을 피워 살이 찌도록, 하늘의 눈치는 아랑곳하지 않고, 조작을 하였지, 그것도 속성으로, 채 피기도 전에 꺾어 버리는 욕심의 산물이라니, 육계가 불쌍하지요. 지금 이 시간에도 어딘가에서 튀김옷을 끼어 입고, 욕심 많은 먹보들의 배를 채워주는, 사람들의 욕심을 채워주는, 먹잇감이 되겠지요?

욕심으로 점철된 사람들의 모습은 어떤가요? 더 많이 더 많이 먹겠다고 아우성에, 누가, 누가 잘 먹나 시합 아닌 시합으로, 살만 찌워 성인병에 허덕이지요. 뒤뚱뒤뚱 오리처럼, 너의 모습과도 같으니 웃어야 할지 울어야 할지 대략난감이지요.

육계야!

너의 고귀한 희생을 잊지는 않으련다
무엇으로 달랠 수 있을까
도무지 그 무엇으로도 무엇으로
미안타!

오장육부가 뒤틀리도록
보국충신
육계야!

어쨌든지 감사하자! 육계의 희생이 국민의 건강을 책임지는, 우리를 있게 하는 하나의 요소이니까? 그저 감사와 사랑이 보약이다. 주변을 둘러보라 매일매일 순간순간 감사할 일이요. 사랑할 일이다. 감사와 사랑으로 버티자.

끝까지.

감사 그리고 사랑

오늘도 숨 쉴 수 있음에
어제도 오늘도 살아있음에
감출 수 있는 의복이 있음에
삼시세끼 먹을 수 있는 음식이 있음에
비를 피하고 바람을 막을 수 있는 누울 곳이 있음에
움직일 수 있는 일거리가 있음에
맡겨진 일, 일을 할 수 있음에
사랑하는 가족이 있음에
놀아줄 친구가 있음에
함께할 이웃이 있음에
지켜줄 나라가 있음에
돌아갈 본향이 있음에

영원히 근심 걱정 애통함이 없는 쉴 곳이 있음에
감사, 감사 황공무지로소이다

우리는 왜?
감사치 못하나 사랑치 못하나
감사가 행복이요,
사랑인 것을

200925

태풍 비바, 알밤의 승리

며칠 전부터 여기저기 요란한 일기 예보로, 태풍이 금수강산 한반도로 할퀴고 지난다며, 으름장에 겁박을 주더니, 어이 하나 마침내 수작을, 일을 만들었지요.

혼자 얌전하게나 지나나 갈 것이지, 이놈 저놈 비, 구름, 수증기 세다는 비바람을 죄다 불러 모아, 흔들고 흔들어 할퀸 상처가 이만저만이 아니지요. 모양 좋게 꺼꾸러진 밤송이들, 봄부터 진 더운 사랑놀음으로 온 여름 내내 자란 밤송이들 널브러진 꼴 좀 보소! 그러면 그렇지, 꼴좋다는 비아냥에 주눅이 들었지요. 엊그제 만해도 아니 어제 만해도, 살랑살랑 실바람에 그네를 타며, 흔들흔들 흔들의자에 호강을 누렸었지요.

산경에 취해 남 부러울 것이 없었던, 도도하고 까칠한 밤송이 아뿔싸! 터를 잘 못 잡았는지, 때마침 질풍노도와 같이 달려오던 태풍 비바(2020.08.31), 비바의 지나는 길목으로, 날쌘 바람돌이 비바의 시샘에 가차 없이 걸려들었지요. 차원이 다른 흔들림에 공중제

팔영산 야인 귀농귀촌 고군분투기

비를 몇 바퀴나 돌았는지, 아차 정신줄 놓은 사이 매일 바라보던 황톳길 길바닥에 내동댕이 처박혀서, 어찌하랴? 부러진 허리를 부여잡고 아이고 내 팔자야! 나 죽겠소! 탄식 소리가 산천을 뒤흔들었지요.

간신이 머리를 들고 보니, 애석하게도 비바는 어느새 잡을 겨를도 없이 산모퉁이를 휘돌아, 이미 저만치 줄행랑을 쳤지요. 천재지변 태풍 비바가 우리의 허리춤을 잡고, 발목을 잡았지요.

비바에도 살아남았던 알밤들이 때가 때인 만큼 천고마비의 계절, 가을인 만큼, 기회는 이때, 느슨한 틈을 타, 알밤들, 와! 탈출이다. 기쁨의 환호를 지르며 공포스러운 상공에서 탈출! 투닥투닥 소리를 내며 착지, 온갖 시련과 역경을 이겼지요. 뒤이어 달려온 비, 바람을 동반한 마이삭 태풍에도 구사일생, 우린 고지를 넘은 역전의 용사, 밤, 알밤들이다.

알밤의 승리

하늘이시여!
이 한 몸, 결단코,
이젠 승리하리 이 난관을,
순간 아찔한 직하,
날개 없는 비애를 딛고

툭툭 투두둑, 승리의 안착이다.

시원하게

생애 마지막 탈출, 와! 신난다. 짜릿짜릿 두 배의 희열과 환희 불 같은 기쁨이 솟고 날개만 있다면 날아가리라고, 소리를 친다. 드넓은 저 늘 푸른 창공 우주 밖으로, 두 주먹 불끈 쥐고 용기백배 주체할 길 없어, 승리에 취해 추락해도 좋다. 이번 만큼은 결단코, 굳게 다짐을 한다.

일렬종대 차례차례, "자! 이제 시작이다" 역전에 용사들, 탈출한다. 탈출이다. "낙하" 낙하산도 없이 용감하게 앗싸리비야 뛰자!

알밤 줍기

이놈은 똘똘하고, 저놈은 비실비실 홀쭉하고,
벌레 먹고 곰삭았으니 버릴 것은 과감히 버린다
아까워서 챙기기라도 한다면, 모두 망칠 수도 있으니,
있어야 없느니만 못하니 과감히 버려야 하지요

툭툭 데굴데굴 알밤 줍기에
제철 만난 전어마냥 폴짝폴짝, 신명이 났지요
모처럼

200922

욕심 쓴다고 될 일도 아니지요

또 쌓고 쌓으려고만 하네! 마음속 언저리에 욕심이 꿈틀거리며 기지개를 켜니, 어찌하랴? 낭패로다, 낭패로다, 욕심을 쓴다고 될 일도 아닌데,

오만가지 군상들아! 욕심의 때가 덕지덕지 오물투성이지요. 어이하려나? 쌓고 또 쌓고 언제까지나 저토록 쌓으려고만 하지요. 작작 해야지요. 지나치면 모자람만 못하다고 하니, 욕심의 덫에 걸려 망신 조자리 당하기 전에, 그만들 해야지요.

한역 적당한 욕심은 필요하지요. 조물주가 주신 기본욕심, 최소한의 생존의 기본욕심, 자연으로 돌아가자! 기본의 기본으로 돌아가야 하지요. 지나친 욕심은 죄를 낳게 마련이요, 죄가 장성하면 죽음에 다다른다는 것이 성경의 말씀이 있지요. 그렇다 욕심으로 패가망신, 망신당하기 전에, 졸지에 알거지가 되기 전에, 이만저만 그만두자! 멀리멀리 던져 버리자!

끓어오르는 욕심을 잠재우기 위해서는, 어떤 이는 말씀과 기도

로, 어떤 이는 수도정진 묵언수행, 어떤 이는 산으로 들로 운동으로 극복하려 애쓰지만, 망령처럼 되살아나는 것이 욕심이지요. 절제와 자족으로 다잡아 보아야지요. 쉬운 일은 아닐 테지만, 지나친 욕심은 금물이지요. 언제나 욕심이 문제이지요.

이제는 여건대로, 순리대로, 형편대로, 있으면 있는 대로 없으면 없는 대로, 주어진 그날그날 좋든 싫든 욕심 없이 사심 없이, 어제나 오늘이나 그날까지, 하늘에 순응하며 살아가야 하지요.

미련을 두지 마라

귀농귀촌 미련을 두지 마라!
영마루에 걸린 저 달은 또다시 돌아오건만,
미련을 두었던들 돌아올 인생은
아니잖아요

귀농귀촌 애달파 하지 마라!
도도히 흐르는 저 강물은 돌아오질 아니하니,
애달파 하였던들,
돌아올 인생은 아니잖아요

귀농귀촌 섭섭해 하지를 마라!

별들이 총총한 저 우주로 영원한 시간 여행을,
섭섭해 하였던들,
돌아올 인생은 아니잖아요.

어차피 가야 할 인생이라면,
미련을 두지 마라!

마지막 가는 길! 어느 장례!

갈바람이 차다. 단풍이 점점 산야를 불태울 즈음, 생의 수레바퀴는 멈추고, 마지막 기별을 한다. 고운 꽃단장으로 황급히 길을 떠난다고, 돌아올 수 없는 마지막 길을 떠난다고, 전국 방방곡곡 기별을 하지요. 찬 서리가 내리기 전에, 그저 잠을 겨를도 없이 길을 떠났다 하지요.

모두들 작별을, 정들었던 고향 산천, 애지중지 문전옥답 논밭전지, 지지고 볶던 정든 집, 아웅다웅 사랑싸움을, 자녀들아! 애증후박 친구들아! 못다 한들 어이하나? 추억일랑 고이고이 접어두고, 다시 만날 수 있으려나, 급히 길을 떠났다 하지요. 다시 못 올 슬픈 비보에, 하나둘 모여들고 마지막 길을 배웅하지요. 생전의 모습을 떠올리고, 슬픔을 삼키며 애도하며, 한세상! 이리 살다 가셨소! 요만큼 살고 가려고 발버둥을 쳤던가? 우리도 이내 그렇게 뒤를 따라가리이다, 곧 가리이다, 산 자들의 슬픔이 재를 넘고 강을 건너지요.

도란도란, 천년만년을 살았으면 좋으련만, 어이하여 이토록 아프리오. 고작 그 세월을 살려고, 아들딸 낳고 애지중지 기르고 가르치고, 손발이 다 닳도록 일하며, 다른 계집 꿰차고 겉도는 서방을 그리워하며 살았는가? 호사에 호강 한번 못하고, 그리 황망히 가시다니요. 한탄한들 어이하리요. 슬퍼 마라! 죽음은 또 다른 새로운 시작, 출발이지요.

산 자여!

인생들아! 슬퍼 마라!
시작이 있으면 반드시 끝이 있고
끝이 있으면 반드시 시작이 있으니
모든 것이 때가 있는 법,
날 때가 있으면 곧 죽을 때가
때가 있으리라!

죽었다고 죽은 것이 아니니
또 다른 삶의 시작이다
끝났다고 끝난 것이 아니니
새 소망을

산 자여! 슬퍼 마라!
믿음으로 하늘 곳간
덕행을 쌓았다면, 서광이 있으리라!
비었다면 암흑이라는
진리를 붙잡고 믿음으로 살았다면
요단 건너 본향 집 있을 터이니
생전에 보도 못한 열두 보석, 열두 대문
더더욱 편한 세상, 눈물이 없는,
웬 곳이요 웬일이요?
또다시 새로운 시작
시작이니까

슬퍼하지 말아요!
어이! 먼저 가소, 먼저 가소!
곧 가리이다
보리이다

인생은 뛰어 보았던들 벼룩이지요. 재촉하지 마세요. 쉬엄쉬엄
가리이다. 인생사 다람쥐 쳇바퀴 돌 듯이, 자고 일어나면 그때 그
자리, 맴을 돌다가 돌아서면 그때 그 시간, 내려오면 편한 것을, 돈
맛에, 자리 맛에, 술맛에, 계집 맛에 죽기 살기로, 그 짓을, 세상만
사 붙잡고 기를 쓴들, 뛰어간들, 걸어간들, 죽을 둥 살 뚱 뛰어 보

왔던들 벼룩이지요. 그 자리이지요. 길고 짧음은 대어 보아야 안다고 하지만 도토리 키 재기, 이리 본들 저리 본들, 상판을 보나 어디를 보나 거기서 거기, 피차일반이지요.

유유자적

가련타 인생이여!
유유자적 쉬엄쉬엄 쉬어나 가세!
좌우분변 이리저리 살피면서
무엇이 그리도 바쁜 건지 여유를 가져봄이
쉬엄쉬엄 가리이다
만고강산 유람하며 쉬엄쉬엄 가리이다
무거운 짐, 벗어 버리고
훨훨 날아 가리이다

201029

당신은 요즈음, 문지기!

당신은 요즈음 무얼 하나요?
문지기라고 말하겠어요
닭들의 문지기라고 말하겠어요
닭들은 열고 닫고 못 하잖아요
시계불알처럼 왔다 갔다
아침저녁 시시때때로,
영락없는 문지기지요.

상전이 누구인가요?
닭들이라고 말하겠어요.
열고 닫고 모이도, 잠자리도
구석구석 쓸고 닦고 살펴야지요
영락없는 상전이지요

팔영산 야인 귀농귀촌 고군분투기

어이하리요
기왕이면 고분고분 말없이
알도 냉큼 고기도 냉큼
영양 듬뿍 사랑 듬뿍, 감사히 섬겨야지요.
문지기 상머슴이지요.
영락없이
누가 봐도.

201020

꼬꼬와 평강이, 이룰 수 없는 사랑!

지금은 전쟁 중이지요. 갑작스러운 조우에 꼬꼬와 평강이, 견주
어질세라 눈꼬리를 치켜세우고, 용을 쓰며 독기를 품고 날렵하게,
이리저리 앞다투어 힘을 겨루지요. 대명천지 하늘이 벌건 대낮에
겁도 없이, 며칠을 꼬꼬가 자꾸자꾸 집적집적 시비를, 보퀄을 돋우
지요. 영어의 몸인 줄 용케도 알고, 저 지키라는 파수꾼인 줄 아는
지 모르는지, 슬쩍슬쩍 피해 가며 겁도 없이 부화를 채우지요. 한
입에 덥석, 끽소리도 못 하고 당할라, 조심해야 하지요.

웬걸, 급기야 이젠, 사귈 대로 사귀었는지, 때론 연분 난 연인처
럼 지그시, 꼴에 추파를 던지는지 밥맛이지요. 서로를 응시하며 안
달을 피우며, 죽고 못 사는 몸짓들이지요.

꼬꼬와 평강이는 원래 한솥밥을 먹던 한식구로, 일차로 평강이
가, 이차로 꼬꼬가 예까지 이거하여, 사랑놀음을 하고 있지요. 죽
고 못 사는 연인들처럼 시샘이 나도록 말이지요. 하물며 사람들도
꼬꼬와 평강이처럼, 싫어하다 좋아하기도 하지요. 그러다가 창자

가 뒤틀리면, 물레방아 돌고 돌아가듯이, 지조 없이 변덕쟁이, 쌤
통이, 욕심쟁이, 육갑들 하지요.

어이할꼬 꼬꼬야 평강이야!
어이 하나 꼬꼬, 이룰 수 없는 사랑인데?
어이할꼬

201225

짐짝 같은 인생, 궁상을 떨다

잠시 잠깐 인생을 성찰하여 보니, 다름없는 짐짝 짐짝이로다. 한 살 한 살 나이를 먹다 보니, 별의별 생각에 눈치만 늘고, 소심하길 그지없지요? 글쎄 한날은 도움의 손길을 요청했더니? 이러더군요. "골치 아프니까 나보고 더 이상 얘기를 하지 마세요?" 그날은 꾹 참고 다음에 이렇게 말했지요 "생면부지 타관객지에 와서 그럼 누굴 보고 얘기한단 말인가?" 그랬더니 무색해 하더군요? 마을에 지도자들이 할 소리는 아니지요?

의지가지없는 사람들에게 좀 더 따뜻할 수는 없나요? 그래 없는 놈이 쇠아들놈이라고 이제는 나라의 짐짝 사회의 짐짝, 마을의 짐짝 이웃의 짐짝, 형제의 짐짝 가족의 짐짝, 아내의 짐짝이라는 생각이 들었지요?

짐짝은 철이냐, 은이냐, 금이냐, 무엇이 담겨있느냐에 따라서, 무엇으로 채워져 있느냐에 따라, 천하기도 귀하기도 하니, 짐짝 같은 인생이지요. 더더구나 빈 짐짝은 방치되고 버려질 따름이지요. 잊

힐 따름이지요. 애달프게도 인생살이 그와 같으니, 버리자니 아깝
고 놔두자니 걸 그적 거리고, 수명을 다한 빈 짐짝은 다만 부수고
폐기될 뿐이지요. 불에 태워질 따름이지요. 허무하게도 짐짝 같은
인생은 기필코 되지 말아야 할 텐데요? 아뿔싸! 도움은 못 될망정
폐를 끼쳐서야, 아니 되오!

당당하라!

괄시 마라!
주눅 들지 마라!
사회의 일원으로 당당해라!
소싯적에는 할 만큼 했다
일백오십오 마일, 총 들고 나라를 지켰고
등가죽이 벗겨지도록 지게를 지고,
일할 만큼 일했으며 배울 만큼 배웠으며
세금도 듬뿍듬뿍

그뿐인가 둘만 낳으라기에
둘만 낳았지
멍청하게

무지막지한 생존경쟁, 인생이라는 험악한 전쟁터에서
살아남지 않았는가? 이렇게라도
당당하게

　한평생을 살다 보니 지지고 볶고 뒤죽박죽, 좋은 꼴 못 보고 철이 들자 망령이라고 좋은 날 손꼽아 헤아려 본들 몇 번이며 기억조차 아련하니, 이내 몸이 무슨 죄를 졌기에 꼬이고 꼬인 실타래 같은 인생! 짐짝 같은 인생! 연 걸리듯 바람 잘 날 없지요? 역마살에 일 년이 멀다 하고, 여기저기 쏘다니며 숨 가쁘게 살아온 세월, 서럽고 서러워서 어이 살라 하는가? 부귀영화 고사하고 노심초사 하루 벌어 하루 먹고, 괄시, 괄시 그런 괄시 말로든 글로든 어이 다 표현하랴? 이산 저산 산천초목은 알려나? 단풍처럼 타는 가슴 어찌 이루 말하랴?
　시시때때, 살아가는 것이 기적이니, 인생사 알다가도 모를 일, 낸들 알겠는가? 하늘은 알겠지요. 점점 싸늘하게 꺼져가는 불씨 하나, 살릴 수만 있다면, 욥은 사탄 마귀들과 친구들과 아내의 조롱으로 갖은 고난을 당했지만, 참고 참으며 기도하며 견디었더니 말년에 갑절의 은혜를 받았다 하지요? 이런들 저런들 뒤척뒤척 허구한 날 한탄만은 말아야 하지요. 욥이 그랬듯이 인생은 후반전이 중요하니, 욥처럼 그리되지 말라는 법도 없으니, 소망을 가지고 자신의 삶을 신뢰하여, 말년에 갑절의 은혜로 원래보다 갑절의 축복으로 회복되어, 부귀영화 누림이 어떨는지요?

부귀영화 따로 있나

비 안 새고 한기라도 막아주는, 내 손으로 하나하나 피땀 흘려
철철이 뚝딱뚝딱 고군분투, 아담하고 고즈넉한 집 한 채에,
꽃이 피고 새가 우는, 이리저리 한가로이 그곳이 에덴이요,
천국이지요

고관대작 벼슬길엔 못 나갔어도
번뜩 떠오르는 재치 있는 글을 쓰며,
소근소근 여우 같은 마누라,
사람 알아보는 재잘재잘 토끼 같은 자식들,
꾸어 줄지언정 꾸지는 아니하고
풍성풍성 큰손으로 섬길 수만 있다면,
배부르고 등 따숩고 건강하면 그만이지,
더 무엇을 바라리오
소망을 가져요
그런 날 있으리라
조만간에
곧

귀농귀촌인들의 하소연!

　농촌살이 텃세에 허울뿐인 빛 좋은 개살구라고, 아니꼽고 안타깝고 치사해서 어디 살 수 있겠더냐? 기죽어서 못산다고 하지요. 어딜 가나 대동소이 별반 있겠소만, 거기서 거기 그러하긴 하다지만, 귀농귀촌 정나미가 떨어진다 하지요? 서로서로 오라고 할 때 알아보았어야 했는데, 간도 쓸개도 빼줄 듯, 야단법석, 유난을 피우지만 고작 이러려고 했단 말이요? 반문하지요. 혹여 봇짐을 잘 못 내려놓았어도 이건 아니라 하지요? 어떤 이는 귀농귀촌한 지 어언 이십 칠 년, 아직도 이방인이라고 하지요?

　사람 사는 기본에 기본도 해결도 못 해주고, 한심하다 하지요? 딱딱거리면 어이하란 말인가요? 한 뭉치 집어주면 좋겠지만, 없는 자는 더더군다나 어이 살란 말인가요? 후회막급 밤잠을 설치니 눈뿌리만 아프다 하지요? 눈물 콧물 범벅이 되었다 하지요?

　몇몇 간은 섬 마지기나 있다고 떵떵? 감투 쓰고 완장 찼다고 떵떵? 안하무인, 졸로 보이는지? 안하무인 제집 똥개처럼 개무시를

하니? 저 잘난 멋에 산다지만 이건 아니라 하지요? 도와주진 못할
망정 일해주지 말라 하지요? 골치 아프니까 얘기하지 말라 하지
요? 팽이 돌리듯, 왕따를, 텃세를 부린다고 하지요? 몇몇이긴 하지
만 지도자들이 문제지요? 어디 주눅 들어 살 수가, 살 수 없다 하
지요?

　온 천지가 산천이 제 것인 양 하늘도 땅도 제 편인 양, 발전기금
이며 한턱내라 한다 하지요? 도로는 안준다 하지요? 물도 안 주겠
다고 하지요? 돈 있는 사람, 좋은 사람만 골라 받겠다며, 저 말만
말이라고 위세를 부린다 하지요? 무슨 높은 상전이라도 된다고, 제
말만 말이라고, 말도 안 듣는다고 하지요. 불법만 하지 말라고, 협
박 아닌 협박을 한다 하지요?

뻐기지 마라!

핏대 세우며
우쭐우쭐 활개 치며 뻐기지 마라?
인생은 찰나 한순간 한 방에 혹 간다?
바람에 실려 가는,
뭉쳤다 흩어지는 구름이지요?
하늘은 아는지 모르는지
무심도 하지요.

전 재산 몽땅 다 털어서 사람 냄새 돈 냄새 다 싫다고, 복닥복닥 정들었던 곳, 피붙이 형제자매 일가친척 친지들, 이젠 모르겠다고 눈 질끈 감고 스트레스 안 받겠다며, 산 좋고 물 좋고 공기 좋다고 부푼 가슴 안고 찾아왔건만, 야속한 마음에 돌아누워 눈물 뿌린다고 하지요.

겪고 보니 그래도 도회지가 최고라고 사람 틈에 끼어 터져 죽더라도 차라리 도회지 귀신이 나을 것을 하소연에 푸념을 하지요. 이만저만 차치하고 이 세상 물러갈 때, 옴짝달싹 오금이 저리도록 눈이 곤두서고 말문조차 막히어 조여 오는 그 고통 어찌하려 그리하시나요? 잠시 떴다가 지는 해처럼 곧 지는 것이 인생이지요.

있으면 있을수록, 감투를 쓰면 쓸수록, 완장을 차면 찰수록 겸손하게 귀 기울이고 낮추는 것이 보기에도 좋으련만, 너그럽고 관대하게, 넉넉하게 관용으로 살아가는 것이 좋으련만, 호방하게 함께 살아가는 것이 좋으련만, 대동 세상을 꿈꾸며 소망을 주는 것이 사람의 도리이지요. 그저 기를 팍팍 죽여서야?

이 생명 다하는 날

주어진 생명이 다하는 날,
영생복락 누리자!
두루두루 앞서거니 뒤서거니,

손에 손을 잡고 함께 살아요
입가엔 행복 가득,
웃으면서 살아가요?
영생복락을.

이런 이도 있지요. 귀향했다는 오십 대 젊은이, 한때는 서울이
좋다고, 꼽으면 서울 와서 살라는 위정자들의 나발에 목구멍이 포
도청이라 서울로, 서울로 꾸역꾸역 올라가 혈혈단신 산업 전사가
되었다 하지요?

힘들 때 고향 달을 바라보며 울컥울컥 울적울적, 부모형제 고향
이 그리워서 눈물 뿌릴 때도 있었다 하지요. 휘청휘청 휘청거리는
불야성, 반짝반짝 으리으리한 서울, 서울이 좋다고 서울에서 살다
가 한역으로 이 모양 저 모양, 고생은 젊어서 사서도 한다고 고생
고생, 고생을 낙으로 살아 온 세월이라 하지요. 팍팍한 살림살이
내년이면 낫겠지 후년이면 낫겠지, 그리 살다가 해해연년이 다른
연로하신 부모님을 남 보듯이 모르는 척 그리할 수는 없어서 자식
된 도리가 아니기에 귀향을 결심했다 하지요. 귀향이자 귀농했다
는 젊은 부부의 지극한 효심 야심 찬 농심에, 주변에서 쌍수를 들
고 뜨거운 박수를 보냈지요. 이것저것을 떠나서요.

남편은 태어난 고향, 낯익은 산내들이라 하지만 아내 되는 분은
오만 것이 물설고 낯설어 사사망념, 수많고 많은 갈등으로 까만 밤
을, 꼬박꼬박 지새웠다는 젊은 처자, 뿌리치지 못한 지아비의 순정

만큼은, 산을 넘고 파도처럼 밀려가 남해 바다를 쪽빛으로 아름답게 수를 놓았었는데, 하지만, 지금은 더는 말할 수 없어요. 새들에게 물어보세요.

초심

오늘보다는 내일이, 내일보다는 모레가
나아지리라는 소망을 가지고
초심을 잃지 말고 하면 된다는 신념으로
묵묵히 도전 또 도전
대박, 대박 나시길
기원을

피의 혈투! 닭싸움 보며

가련타 피의 혈투, 영역 싸움에서 밀려난 대가는 처참하다 못해 측은하지요. 꽃은 곧 지는 법이요. 달도 차면 기우는 법이지요. 사람이나 닭이나 거기서 거기 눈 뜨고는 못 보겠지요. 싸움일랑 작작들 하세나! 눈만 뜨면 이 고을 저 고을, 온 세계가 죽고 죽이는 전쟁 통이니, 인간의 본성이 죽기 살기로 싸움을 위하여 태어난 것인지? 평화롭게 잘 살아가기 위해서 태어난 것인지? 통 모를 일이지요. 닭들의 싸움, 이를 보아 그러하지요. 인간 또한 싸움을 위해 태어난 것인지도 몰라요.

가련타 인생들이여!

가련타 인생들이여!
어이타 마른 말고기처럼 피근피근한지,

꼬리를 치다가도 급선회 치졸하기 그지없지요
너희마저 마음 아프게 하는구나! 어찌하여?
목전에서는 싸우지 말고 사이좋게 지내라!
동병상련 가슴이

끝끝내 몇 번의 경고에도 아랑곳하지 않고 싸우다가 딱 걸려 잡혀가는 닭들이 애걸복걸하지요. 우리들의 모습인지도 몰라요. 괴성, 하소연, 작태를 좀 보세요. 이것저것 하나하나 노적가리 켜켜이 쌓아놓고, 여기저기 기웃기웃 거드름을 피우며 천년만년을 살 줄 알았는데, 겨우 몇 년 치사하게 고작 이거란 말인가? 어느 날 갑자기 찾아온 종말, 왜? 왜? 왜? 하필이면 나에게 괴성을 지르지요.

백주대낮에 별똥별이 쏟아지고 검은 화신들이, 불가항력 맞설 수 없는 단연코 이대로는 끌려갈 수는 없다는 괴성을 않되! 않되! 않되! 난 제발요! 제발요! 어제만 해도 기고만장 붉은 볏을 세우고 똥배짱에 활개를 치던, 졸보들이 하늘이 정한 시간, 날카로운 칼에 심장을, 점, 점, 점 숨은 끊어지지요. 어디 닭뿐이랴? 사람에게도 언제나 죽음의 검은 화신, 그림자가 도사리고 있지요. 저만 살겠다고 정신들 차려야지요.

한편, 싸움에서 밀려나고 밀려난 닭은, 쫓기듯 쫓기어 조용한 외톨이로 살아남아 휴, 한숨을 쉬며 하마터면, 살았구나! 주변을 살펴보지만, 하늘을 찌를 듯이 기계만큼은 짱이던 친구는 더 이상 보이질 않는다. 구천의 객이 되었다 하지요. 이젠 비록 혼자이긴

팔영산 야인 귀농귀촌 고군분투기

하지만 기죽지 말고 점잖게 살아라! 싸우다 그 짝 날라!

외톨이야!
언제나 쭉쭉쭉, 험한 꼴 보지 말고.
그 짝 날라!
조심을

210425

건강이와 부지런이

가진 것이, 아무것도 내세울 것 없는 빈털터리 빈 몸뚱이이지요. 이빨이 없으면 잇몸으로라도 살라 했지요? 건강과 부지런함으로 살아가야 하지요.

북산의 우공은, 구순이 다 된 이빨 빠진 호랑이처럼 바싹 마르고 볼품이 없는 노인이었지만, 미련하고 무모해 보일지는 몰라도 태형산과 왕옥산을 주야장천 끊임없이 줄기차게 쫓아대고, 파내고, 고르고, 드디어 길을 냈다 하지요. 당대의 완전한 자! 의인 노아가 방주를 120년 동안 만들었다 하지요. 이웃이 조롱하며 비웃었지만, 믿음으로 순종으로, 부지런히 열심히 만들어 40일 동안, 인류가 멸절한 대홍수에도 그와 그의 가족만이 구원을 얻어 살아 남았다 하지요.

건강이 재산이라 하지요. 부지런함이 재산이라 하지요. 가진 것 없는 빈털터리라도 건강만 있다면, 부지런함만 있다면, 금상첨화 지성이면 감천이라고 하늘이 감화 감동, 하늘은 스스로 돕는 자를 돕는다고, 건강함과 부지런함은 천군만마를 얻은 것과 같이 태산도 옮길 수 있지요. 기쁨으로 살 수 있지요.

아무튼 우선은 건강하고 부지런해야 하겠지요. 귀농귀촌인은 더할 나위가 없지요? 우공이산, 북산 우공이 태형산과 왕옥산을 옮긴 것은, 노아가 방주를 만든 것은, 건강과 부지런함이 있었고 가족이, 이웃이 함께 했으니까 가능했지요?

자자손손, 손자에 손자가 이웃과 이웃이 건강이와 부지런이, 하늘의 돌보심만 있다면, 이루지 못할 일이 없겠지요? 환난도 고난도 거침없이 이기겠지요?

승리하리라!

건강이와 함께 부지런이와 함께
가족과 함께 이웃과 함께,
함께 하세! 우리 모두

우공이산의 기적이,
당대의 완전한 자 의인 노아처럼
나라와 지역사회, 가정과 우리 모두에게
만세! 만만세! 우리 모두 만만세!
승리하리라!

미쳤구만? 전기공사를 앞두고

까만 밤을 지새운다는 것은 여자들에게는 공포일 수도 있지요. 남자 혼자라면 얼마든지 극복할 수 있는 일이겠지만, 생각 끝에 함께한 아내를 생각해서라도 하는 수 없이 전기를 끌기로 했지요. 문제는 기존 전주에서 거리가 멀다는 사실이지요. 기반 시설이 전혀 없는 문명을 뛰어넘는 산골로 왔기에, 여러 일들이 앞을 가로막지요. 애초에 모든 것을 각오했지만, 밝고 밝은 대명천지에 미처 생각지도 못한 이런 일도 있군요. 쉬운 일은 아닐 테지만 냉장고며 가전제품들, 문명 이기 앞에 무릎을 꿇고야 말았지요. 아내를 생각해서 더는 고집을 부릴 수 없기에 한발 물러서기로 했지요. 문명을 밝힌 전기에 무릎을 꿇은 셈이지요. 전기업자를 소개받아 서류를 제출하였더니, 업자 측에서 요즘에는 예기치 못하는 민원이 많아 전주 세울 곳을 사전에 마을책임자와 토지주들에게 민원이 생기지 않도록 구두라도 승낙을 얻으라는 전기공사 업자 측의 주문으로 하는 수 없이 마을 책임자에게 동의를 부탁드렸더니 대뜸 한다는 소리가 "미쳤구만" 미쳤다는군요. 전기도 없는 땅을 사서 안 됐다는 생각에 그렇게 말할 수도 있겠지만 비수처럼 폐부를 찔렀지요. 한마디로 개무시를 하니 자존심을 구기고 무슨 소리 하는 거냐며 언성을 높였지요. 옛날 같지 않은 이 문명사회에서 이젠 전기는 생명, 생존인데, 무슨 소리야? 언성을 높였더니 원론적인 얘기라며 가부를 주겠다기에, 소식을 기다려 보았지만 소식이 없었지요. 하여 얼마 후 어떻게 되었느냐고 물었더니, 그제야 초입에서 허락을 했으니 하라고 해서 공사를 진행할 수 있었지요. 와중에도 감사한 것은 선로에 묘지가 가까워서 특별히 찾아가서 말씀을 드렸더니 마을에서, 지도자가 아느냐고 하시기에 알고 있고, 하라고 했다고 하였더니 하라고 했으면 하라고 쾌히 승낙해 주시더군요.

전기공사를 하기까지 우여곡절도 많았고 인생, 인생 별의별 인생이 다 있다고 하더니, 그 꼴이 났지요. 이 사람 저 사람, 별 인생 다 있지요. 이 모양 저 모양 다양한 인생들, 보다보다 희한한 인생, 알다가도 모를 인생, 그런저런 그저 그런 인생, 별 볼 일 없는 인생, 고생고생 또 고생만 죽어라 하는 인생, 생고생 사서 고생하는 미련한 인생, 지지리 복이 없어 고생하다 자수성가한 흙 수저 인생, 무슨 복도 많은지 날 때부터 아빠 찬스 엄마 찬스 금 수저 인생, 거짓말로 등쳐먹는 협잡꾼 인생, 남의 주머니 털어먹는 사기꾼 인생, 안타깝고 안타까운 측은한 인생, 불쌍하기 짝이 없는 불쌍한 인생, 보면 볼수록 눈물 나는 애잔한 인생, 죽어도 배 터져 죽었다는 부자 인생, 배곯아 죽었다는 가난한 인생, 노심초사 고달픈 인생, 아등바등 고단한 인생, 과거에 매인 지난한 인생, 하다 하다가 절망하는 인생, 세월아 네월아 게으른 인생, 동해 번쩍 서해 번쩍 부지런한 인생, 반짝반짝 윤이 나는 반짝이는 인생, 헐레벌떡 숨 가쁜 숨넘어가는 인생, 베풀 줄 모르는 조잔한 인생, 인정사정없는 인색한 인생, 유유자적 여유 있는 넉넉한 인생, 입만 벌리면 거짓말로 그럴싸하게 포장하는 아리송한 거짓 된 인생, 성실 근면 숨김없는 진실된 인생, 무엇이 그리도 억울한지 통한의 인생, 돌아보면 후회되는 회한의 인생, 슬프고도 슬픈 애달픈 인생, 넘어지고 자빠져도 골백번 도전하고 일어서는 오뚝이 인생, 이런 일로 저런 일로 참고 견디지 못하고 절망하여 포기하는 못난이 인생, 불의를 보면 참지 못하는 화끈한 인생, 으름장에 적당히 타협하고 비실비실 소인배 인생, 씀씀이가 척척 마음조차 부유한 인생, 물질이나 마음이나 쪼들리는 가련한 인생, 샘이 나서 복장 터져 죽겠다는 질투 인생, 일마다 죽을 쑤고 힘들어 죽고픈 인생, 남이야 굶든 먹든 넘쳐서 살 고픈 인생, 이래저래 히죽히죽 살맛 나는 즐거운 인생, 갈 바를 몰라 이리저리 헤매는 괴로운 인생, 하는 일마다 죽을 쑤는 낙이 없는 인생, 음도 가지가지 인생도 가지가지, 가지가지이지요.

당신은 어떤 인생인가요?
살맛 나는 인생인가요?

먹거리, 하나하나의 역사!

당신들은 먹거리 하나하나의 역사를 아는가? 먹거리 하나하나의 역사를, 지난한 무더위 여름 아니, 봄, 여름, 가을, 겨울, 사계절을 애지중지 수고했을, 뼈 빠지게 수고한 농부들의 피땀을, 그 결과 산물을, 하나하나 입에 들어가기까지 수고했을, 농부들의 피땀 어린 노고를 아는지 모르는지요? 하나하나 알기라도 한단 말인가?

공동 합작품

먹거리 하나, 하나
해와 달과 별, 눈과 비, 바람
천지 우주 만물의 조화
창조자 조물주의 은혜
농사꾼의 수고가 어우러진

사랑으로 빚은 공동 합작품이라는 사실을

들어라! 들을지어다
먹거리 하나하나의 감사를 잊은 자들이여!
조물주의 한탄에 소리를 저 벼락 치듯 지탄의 소리를
농부들의 피땀 어린 수고, 먹거리들을 천히 여기며
대하는 저들의 저의를 보며 농심은 타들어 간다
어찌하리오
저들을.

먹거리 한 톨 한 톨 하나하나 거두시는, 조물주의 사랑과 은혜와
고생고생, 생고생 사서 고생이라고 농부의 마지막 보루 자존심마
저 짓밟아버리는, 조물주를, 농부를 향하여 조롱 섞인 비아냥으로
천하게 대하는, 조물주 사랑! 농부 사랑!
끝까지 감사 감사로 사랑으로 먹기를 바라지요. 뼈 빠진 먹거리
하나하나의 역사를 하나하나 음미하며 사랑으로 감사로 먹어야 하
지요. 안 먹고, 안 입고 집 없이 살아갈 자! 그 누구란 말인가?

잊지 말자!

한시라도 잊지 말기를

조물주 사랑
농부 사랑!
하나, 하나의 사랑을
마음에 별처럼 달자!
농심을

211129

발전기금에 대한 소고

여기저기 임지를 따라 곳곳에 다녀 보았지만, 귀농귀촌 입주민들에게 발전기금 내라는 곳은 처음인 것 같지요? 어디서부터 어디까지 말해야 할지 도무지, 도통 모를 일이지만, 아무튼 깜짝깜짝 놀랄 일이지요.

삼 년 전 지방방송에 따르릉 했다는 후문이지요. 행정에서도 익히 안다면서도 각 마을의 자율적인 일이라며 손을 놓았다 하지요. 귀농귀촌인들의 하나 같이 불만 섞인, 불만을 토로하기도 하지요. 어쨌든 연말이 다가온다며, 연말 결산 전에 발전기금을 내라 하기에, 면 소재지에 나가서, 바로 농협에서 발전기금 백만 원을 입금했지요. 마을에 세 들어 사는 사람은 이십만 원, 자가는 백만 원을 내야 한다지요. 익히 몇 번을 들어 온 터라 망설임 없이 내기로 했지만, 굳이 이렇게까지 내라고 해야 할까요? 무슨 계모임도 아니고, 라는 생각도 들었지요? 서로 돕고 상생해야 하는 마을인데요? 돈이 문제가 아니라 살아가면서 여러 가지 마을 일에 봉사도 하고,

살뜰하게 맞아주는 원주민들의 여하에 따라서 그 이상도 득 되는 일들이 많이 있을 수 있지 않을까요? 한역으로, 귀농귀촌 입주민들이 늘어나야 땅값도 오르고 소비도 늘어서, 지역경제에 도움이 되지 않을까요? 많든 적든 각종 세금도 내야 하니까요?

모모한 마을에서 발전기금 때문에 이사를 간 사람도 있어요. 그분은 배관 일을 하는 사람이어서, 그분 이야기로는 마을 어르신들의 전기, 수도 등 급한 사소한 일 하나하나 보살펴 드렸는데, 입주할 당시 입주 턱으로 얼마를 드렸는데, 발전기금 운운하니, 서운해하며 이사를 갔다 하지요. 개중에는 인구감소, 지역소멸 운운은 안중에도 없나 봐요? 발등에 불이 떨어졌는데도 말이지요.

발전기금은 몇몇 지도자들이 입을 맞추어 생겼다는 후문이지요? 마을마다 액수가 다르다 하지요. 우리 마을을 비롯하여 주변 마을들이 백만 원에서 많게는 삼백까지이고 바닷가 마을들은 수천만 원도 낸다고 하지요. 이 지방만의 이야기인지는 잘 모르겠지만, 글쎄요? 어찌 보면 무슨 계모임도 아니고 야박한 생각이 들지만 어쩌겠어요. 로마에 가면 로마법을 따라야겠지요?

발전기금이라는 것은 나름대로 생각하기에 따라 다르겠지만 이런 생각이 드네요. 대를 이어온 현지 원주민들이 알뜰살뜰이 모아놓은 마을 기금들이 있다 보니까? 귀농귀촌, 입주민들에게 기금을 내라고 하나 보네요? 흔치는 않지만 일반 모임처럼 N 분의 일을 내야 한다면 입주민들도 내야 하겠지요? 마을 수익사업으로, 이어지는 행사 때마다 찬조금들을 내신 분들, 또 이런저런 일로 모인 기금들이 있을 테니까요? 한편, 마을에 여러 일로 모으고, 여러 일에 쓰기 위하여 마련하여 놓은 기금들이다 보니 필요에 따라 그럴 법도 하겠지요? 마을 운영에 있어서, 그때그때마다 가가호호 갹출하기는 그렇고, 바로바로 쓰려고, 이래저래 모아놓은 돈들이 있고, 또 필요할 때도 있겠지요? 그래 저래서 내라고 하나 봐요? 기금을 내면 마을 잡부금은 내지 않는다는군요? 잘은 모르겠지만, 기금에 대한 말과 설명 부족은 아닐까요? 무턱대고 내라기보다는 납득할 수 있도록 설명이 필요할 것 같아요? 이를테면 마을회 가입비라고 하든지? 내고 안 내고는, 귀농귀촌 입주민 의사에, 맡기는 것은 어떨까요. 받고도 왕따를? 얼마 전에도 대서특필이 되었다죠? 아무튼 현명한 지혜가 필요할 것 같아요.

하여가/이방원

이런들 어떠하리 저런들 어떠하리
만수산 드렁칡이 얽혀진들 어떠하리
우리도 이같이 얽혀 백 년까지 누리리라

병아리 부화를 보며

하찮은 그저 그런 하나의 먹거리에 불과하다 하지만, 그 속엔, 하얀 껍질 속엔, 빛나고 존귀한 생명이, 하나의 생명이 태동 되고 있었지요. 삼 주, 스물하루 동안 해를 품고 달을 품고 비, 바람의 소리를 들으며 태동 되고 있었지요. 새 생명이 하늘을, 우주를 품고 생명을 말하고 있었지요.

생명

들리는가?
하늘 저편 우주의 소리, 태동의 소리
보이는가? 빛나고 존귀한 생명이
찬란한 빛이 있음을
생명 있음을

언제나

그리고 달포 후 어미 닭이 삐약이들을 데리고, 화사한 봄날 화전
놀이를 나섰다. 맛난 도시락을 싸고 언덕을 오르락내리락, 산을 넘
고 다리를 건너고, 숲을 지나고 무릉도원을 찾아, 드디어 들판에
다다랐을 때, 갑자기 우뢰와 같이 하늘을 가르는 맹수의 공습이지
요. "위험하다 각자도생이다." 어미 닭의 명령에 혼비백산 혼쭐이
나서, 서로 살필 겨를도 없이 각자 줄행랑을 쳤지요. 이리 튀고 저
리 튀고 머리는 처박고, 꽁지는 하늘로 들고 목숨이 경각에 달렸지
요. 어미 닭의 사생결단, 아찔한 분투에도 미처 튀지 못한 막내의
비명 소리가 성지골을 뒤흔들어 놓았지요.

엄마! 엄마! 엄마!
어쩐 다냐?
막내야!

220407

성지골 구가!

소백산맥의 끝자락, 가다가다 더는 못 가고 터 잡고 멈추어선 남도 팔영산에서 서쪽 능선으로 달려 나온 성스러운 터, 여기 터 잡은 털보 자연인, 구도자! 좋은 자연, 좋은 사람, 글의 성지! 성지골이 있지요.

크고 작은 감투란 감투, 미련 없이 죄다 내려놓고, 오만 잡동사니 버릴 것 다 버리고, 팔도강산 유랑 끝에, 최소한의 삶! 흙살이 되살이, 자칭 시인이자 수필가 야인, 자연인으로 구도자로 자연의 은혜 안에 영, 혼, 육이 조화가 잘 되는 유유자적 자유로운 삶! 흔히들 감히 꿈꾸지도 못하는 자연과 더불어 자연 살이, 신선한 삶을 누리려고, 팔영산 자락 성지골 예까지 왔지요.

반겨줄 이 아주 없는 생면부지, 천막 하나, 솥단지 달랑 울러 메고, 찾고 찾아서 예까지 왔을 땐, 토박이 동물들의 낙원이자, 가시덤불 칡덩굴이 얽히고설킨 곳이었지요. 차가운 운기마저 느꼈지요. 안개 덮인 미완의 땅! 사방팔방으로 막힌 섬 아닌 섬! 좌우 앞뒤 분간도 어려운, 알 수 없는 적막강산 그 자체였소!

성지골

성지골에는
벌과 나비, 새들이 둥지를 틀고
바람이, 구름이 머무는 꼭꼭 숨겨진 보석 같은
의기투합 한 번 다투어 볼 만한,
죽도록 일하다가 뼈를 묻어 볼 만한
되살이 자연살이 새로운 개척지
아무도 못 말리는
구름 타고 신선놀음
그 자체였소!

우여곡절 끝에 변변찮은 봇짐을 풀어 놓자, 성지골에 어찌 살 것이요? 의아한 눈빛으로 쳐다보았지요. 발붙이고 사람 살 곳 못 된다고 혀를 끌끌 차시며, 곱지 않은 안타까운 시선으로, 얼마나 버티다가 갈까나 저러다가 떠나겠지? 동정 섞인 눈으로 낯이 뜨끈뜨끈 뜨거웠지요. 한때는 마을 사람들이 뻔질나게 드나들던 성스러운 터전! 나뭇짐, 꼴지게에 지겟다리 장단이 흥겨웠던, 산천을 뒤흔들었다 하지요. 소를 몰아 쇠풀을 먹이고 둥글둥글 잘생긴 고구마, 보리 싹을 틔우고 들꽃이 피어나던 곳, 보는 이마다 호랑이 담배 먹던 시절, 어린 추억을 줄줄이 소환하고, 성지골을 노래했지요.

열심, 또 열심, 피골이 상접하도록 바지춤을 추스르며, 꼼작꼼작 다듬고 가꾸었지요. 눈물로 지샌 덕에, 잠자던 옛 성지골, 팔영산 야인 기지개를 켜고 되살아났지요. 자연과 사람이 사는 성지! 성스러운 땅 성지골, 글의 성지 성지골로 되살아났지요.

꿈이요 생시요? 사면초가 첩첩이 가로막힌, 없던 임도도 생기고, 벚꽃 피는 산책로에 철철이 새록새록 가지가지 오만가지, 들꽃들이 부대끼며 상존하니, 부러운 시샘까지 웬일이요? 하늘의 은혜지요.

이젠 땡잡았소!

더러더러 이제는
충분히 사람 살만하겠다고
있는 힘껏 꼼작꼼작 가꾸고 길 난 덕에
이래저래 땅값도 올랐을 테니 아저씨 대단하네요?
이젠 걱정 없겠소!
이젠 땡잡았소!

성공했소!
성공했다 하지요?

성공이 애들 이름은

아닐 테지만.

이름 그대로 성스럽고 귀한 터 성지! 장남마을을 끼고 돌아앉은, 반짝반짝, 사모하는 푸른 동해 강릉, 남해 고흥, 팔영산 자락을 가슴에 품고, 팔영산 야인, 성지골에서 되살아났지요. 너도 되살이 나도 되살이 얼씨구나! 대동세상! 감지덕지 하늘의 은혜지요. "성지골 살만하지요." "네! 성지골 살만하네요." 이럭저럭 그럭저럭 이만하면 좋아요. 아주 아주 좋아요. 아주 딱 좋아요. 이젠 지남철처럼, 붙박이장처럼 성지골에 딱 붙어서 꿋꿋이 버티고 살아가야 하지요. 은혜로 덕분으로 감사로, 암요.

뿐인가요. 삼나무 편백나무, 상쾌한 공기 신선한 공기, 피톤치드 뿜뿜 날리는 나무 밑에서 해먹을 친구삼아 자연을 친구삼아, 솔솔 시원한 콧바람에 이리 뒹굴 저리 뒹굴 뒹굴뒹굴, 호기 좋은 자연인으로 구도자로, 때로는 바깥세상 뒤틀린 사회를 톡톡 정으로 쫓아보기도 하는, 꼼작꼼작 사소한 자연인의 삶! 자연을 노래하고 성지골을 노래하는, 누구도 못 말리는 뼈있는 날카로운 글을 쓰며 미련하고 얄미운 베짱이가 되려 하오.

숨죽인 성지골!

성지골에서.

220415

수수방관자들

닭 마을에 닭들이 신이, 신이 났지요. 열심히 뒤지고 있네요. 특별한 먹이라도 있으려나 싶은지, 요리조리 이 잡듯이 뒤지고 있네요. 신명이 났어요. 뽀송뽀송 푹신푹신, 생애 최고의 선물인 듯, 훨훨 날아갈 듯이 신명이 났지요. 모처럼 볼만하네요.

발바닥이 불나도록 신명 난 파티, 파티, 파티, 참말로 오늘도 즐거운 하루, 하루하루, 닭 마을 파이팅! 만세지요.

하지만 닭 마을이 갑자기 술렁인다. 한 어린, 가엾은 생명이 쓰러졌지요. 어찌 어찌하다 대자로 뒤집어져 발버둥, 발광을 치지요. 여기저기서 모여들지만, 아무도 도움이 되질 못하네요, 구경꾼들, 수수방관자들뿐이지요. 기웃기웃, 이를 어쩌나 아무도 거들떠보지 않아요. 안절부절 죽을힘을 다해 애를, 애를 써도, 많은 무리들 가운데 누구 하나 도움이 되지 못하지요. 도움의 손길이 필요한데 야속할 따름이지요.

반쪽짜리 인생!

방관자들, 구경꾼들아!
못 본 척 모르는 척
고개 돌려 먼 산만 바라보는
금수에 지나지 않는
한낱 반쪽짜리 인생이 아니런가?
사랑은 온데간데없이 아귀다툼
서로서로 핏대 돋우고 비웃으며
삿대질에 육두문자 헛소리만 난무하고
빈 손질로 입으로 시늉만 하누나!
요란할 따름이다
그저

나라면, 우리라면
사람과 짐승이 판이하게 다른 점은
망설임 없이, 주저함이 없이 먼저 두 손을
따뜻하게 내밀 줄 아는 것이다

예수님은
부처님은
공자님은

소크라테스는

우리는
죽어도 모를 지경이다.

천신만고 끝에 어느새 자란 삐약이들, 신나는 외출이다. 이른 새벽, "쉿! 주인님이 오신다." "얘들아! 쉿! 조용, 조용히." 숨죽이고, "오늘부터 외출이다." 주인과의 약속을 품에 안고, 밤새도록 기다렸는지 부스스 충혈된 눈으로 빼 꼼이 벌써 재잘재잘 야단법석이다. 얼굴에는 연지곤지 분 바르고, 머리를 틀어 둔덕같이 올리고, 예쁜 몸단장에 예쁜 마음 신나는 외출이지요.

　우리는 4주령 새내기 풋내기 젖 냄새 나는, 병순이 병돌이 삐약이다. 드디어 굳게 닫혔던 문이 삐걱 열리고, 와! 내 세상, 물 만난 고기처럼, 하늘은 높고 땅은 넓다.

신나는 외출

첫 외출이다.
모든 것이 새롭다
뛰어나 보자! 폴짝! 폴짝!
첫 외출 신나는 나들이

신나는 외출, 와! 신난다.
초지를 향하여

와! 와! 와!
산천이 메아리친다.
반긴다.

그래 좋다
오늘만큼은 맘껏 논다.
단, 저녁에는 전원 귀가다.
해지기 전에

고추 모종 심기

흙을 모으고 모은
둥글둥글 도톰한 두둑에
이리저리 여기저기 헤집어 상처를 주며
한껏 키를 키운 멋스러운 단단한 고추 모종
자리할 그곳, 그곳에

검은 비닐 껍질을 헤집어 놓고
모종삽으로 파고 후빈 상처에
아픔을 호소하는 둥글둥글 예쁜 탐스러운 두둑에
튼실한 고추 모종을 사정없이 내리꽂는다.

해 질 녘 어둑어둑 내려앉는 땅거미에
바삐, 바삐 쫓기듯 서둘러 튼튼한 모종을 심는다.
꼿꼿이 선 고추 모를

그곳에

튼튼한 뿌리를 내리도록

튼실한 씨앗을 잉태하도록

고추 모종과 둥근 두둑이 합체된 성스러운 그곳에

씨앗의 근원이 되는 물을 정성껏 주고

무사히 안착을 기원하면서

두둑과 고추 모종

불같은 여름 내내 뜨거운 사랑으로

한 몸 하나 되어 고결한 자태로 하얀 꽃을

가을이면 주렁주렁 크고 단단한 빨간 고추를

하늘의 섭리 가운데 튼실한 고추

고추를 달 것이다

220422

가마솥, 반쪽이에게 엮이다

　고향 집을 떠날 때 애지중지 이고지고, 끝까지 챙겨온 것이 하나 있다. 어머니의 눈물과 한, 사랑과 손때가 묻어있는 무쇠 가마솥이다. 유랑 아닌 유랑을 하면서 그때그때마다 하나둘 버렸지만, 끝까지 애지중지, 끔직이도 끼고 싸고도느라 버리지 못한 가마솥이다. 농촌에는 가마솥이 있어야 하지요. 두루두루 쓰임이 크다. 옛날 같으면 살림살이 목록 제1호라고 해도 지나침이 없었지요. 아내는 굶어 죽을까 싶어서인지? 핀잔을 들으면서도 유별나게 챙긴 가마솥이다. 이제 하나둘 자리를 잡아가는 생활의 터전, 성지골 노구의 뜨락에 드디어 가마솥을 걸었다. 챙긴 보람이 빛을 발하는 순간이다.

　자연인이든 아니 농가이든, 농촌에서는 필수품이지요. 땅끝 유목민도, 집시들도 없어서는 안 될, 고사리, 각종 산나물을 삶고 사람이 많이 모이는 애경사 등, 명절에는 두부며 술밥을 짓고, 평소엔 소여물을 쑤었지요. 그뿐인가? 때로는 목간통이 되는, 목욕물도 데우는 가마솥, 아궁이가 꼭 필요했었죠. 한쪽 모퉁이에 자리를 잡고 버티어, 넉넉한 인심 마음마저 든든하였지요.

옛정이 덕지덕지 묻어있는 어머니 같은 가마솥, 애지중지 끝까지 챙겨온 보물 가마솥, 화덕에 없는 이마를 만들고, 그저 초라하고 허술해 보이는 솥 걸이를 꼼지락꼼지락 만들었지요.

가마솥

야지에서 산지에서,
좋다는 약초 나물이며,
명절에는 맛있는 음식도,
때론 목간통이 되어 석 달 열흘 묵은 때도
앞으로 쭉 쭉쭉 요긴하게 쓰런다.
어머니의 손때 묻은,
가마솥을.

이제 다했다는 만세삼창도 잠시, 미쳐 숨도 고르기 전에 나의 반쪽이 아내에게 엮었지요. 듬직하고 든든한 아내가 반세기 동안 우리들의 혀를 길들여 온, 남녀노소, 아이들이 좋아하는 달콤한 초코파이를 내 손에 내밀었다. 둥글고 찰진 입에 찰싹 달라붙는 먹음직한 초코파이, 아내에게 엮었지요.

한눈팔지 말고 고분고분 일 잘하라고 던져준 달콤한 미끼에 그만, 요지부동 일언지하에 거절도 못 하고 꼼짝없이, 파 모종, 더덕 모종, 방울토마토, 가지, 호박, 오이 등 등등 해 질 녘까지 심었지요. 잠자리에 알록달록 세계지도를 그릴 것 같아 걱정을 하면서요. 키를 쓰고 고지 바가지를 들고, 동네 한 바퀴를 돌며 소금을 받아 오던 유년 시절이, 아찔하다. 두렵다.

반쪽이

나의 반쪽이
아스라이 이미 태초부터
자네와 난 엮인 몸이 아니던가?
진실로, 진실로 나의 반쪽
반쪽이!

요지부동 코 꿰인,
옴짝달싹 그래도 좋다
나의 반쪽이니까
고마워!
사랑해.

220531

소망이 그리고 닭들의 습격 사건!

아삭아삭해서 아삭이 고추, 맵고 매운 청양고추, 가지 몇 포기 텃밭 가까이에 따로따로 얼렁뚱땅 심어, 혼자 먹으려고 잔꾀를 부렸더니, 닭돌이 닭순이들이 너만 먹으려고, 나도 먹자고 떼거리로 몰려 피식피식하며 썩은 미소로 악다구니 헤살을 피우지요.

타작 집게로 벼 이삭 훑듯이 습격하여 채 피기도 전, 크기도 전, 우둘 도둘 갈비뼈만 남도록, 몽당하게 앙상하게도 만들어 놓았지요. 궁여지책 생각 끝에 다시 클 때까지 당분간, 출입 금지 금줄을 쳐놓기로 했지요. 얼씬도 못하도록 발바닥에 흠뻑 땀이 나도록 아침 댓바람에 난리를 피웠지요.

그뿐인가 오후, 해는 서산에 걸리고 긴 꼬리를 감출 즈음, 소망이도 일을 저질렀지요. 돌이킬 수 없는 일을 저질렀지요. 야금야금 질근질근 씹어서 한 생명을 황천길로 보냈지요. 전에 없던 짓을, 보란 듯이 일을 냈지요. 얘기인즉, 소망이란 놈이 빈둥빈둥 무위도식하다가 애지중지 고이 기른, 채 피지도 못한 삐약이 한 마리를 일

거에 제압, 놀람 절에 날름 가죽 부대, 똥자루에 담았으니 화가 머리끝까지 났지만 어찌 상대하겠어요? 무식한 개를. 짐승은 언제나 짐승이지요. 믿었던 내가 잘못이지요. 단독 주택에 양식도 대어 주었건만, 그뿐이랴, 가끔은 좋아하는 생선 뼈, 고기 등 특식도 주었건만, 배은망덕이 따로 없지요.

애초 엄밀히 말하자면, 닭을, 삐약이를, 사나운 맹수로부터 지키는 것이 본연의 임무였으니 무위도식은 아닐 테지만, 지켜야 할 삐약이를 놀람 절에 뜯어 삼켜 버리고, 아무 일 없었던 것처럼 쩝쩝거리던 입을 닦고 난 모르겠소! 고개를 숙인 채로 그저 오리발을 내밀다니, 먼 산을 보며 시치미를 떼지요.

예끼 이놈! 혼나야 한다는 말에 머리를 처박고 두 손 두 발 용서를 빌고 비니, 못 이기는 척 쿨하게 용서하기로 했지요. 다음에는 절대로 용납하지 않겠다고 으름장을 놓았지요.

어째 요즘 늘어지게 낮잠만 자고, 서성서성 빈둥빈둥하더니, 아침조회, 일석점호로 바싹 군기를 잡았어야 했건만, 분통이 연기처럼 스멀스멀 피어났지요. 유비무환이라고 뒤탈이 없도록 미연에 방지했어야 했는데, 후회막급이지요. 개와 닭 사이, 사람과 개 사이, 사람과 사람 사이 적당한 거리, 적당한 긴장이 필요하지요. 바싹, 좀 더 긴장을 했어야 했는데. 미연에 사고를 방지했어야 했지요.

본래 소망이라는 이름은 코로나19 시대의 종식과 닭을 외세로부터 잘 지키라고, 소망을 한 몸에 담아 소망이라고 이름을 지었건만, 기대를 저버리고, 뜻을 저버리고 말았지요. 그러고 보니 본색

을 드러냈지요. 그만, 개의 무식한 본색을 차마 말을 잇지 못하겠
어요. 어쩔 수 없이 개는 개지요.

개 버릇 남 주나

개 버릇 남 주나?
지나친 기대를 말자!
서글프게도 어쩔 수 없는 개는 개다
사람일 수 없다

개가 사람 되길 바라면
개가 웃겠다

졸졸이! 오만가지 인생!

졸졸이! 내 품에 안긴 건강이와 행복이의 별호, 애칭 졸졸이, 나만 보면 졸졸 따라 다녀요 어디를 가든지 졸졸 따라다녀요.

졸졸이

졸졸졸 졸졸이! 어찌 너희뿐이랴?
졸졸 따라다니는 졸졸이 아저씨 아줌마들!
엉덩이를 실룩샐룩 꼬리를 흔들며
빌딩 숲 누우런 가랑잎 꽁무니를
쾌쾌한 냄새 맡고
킁킁 끙끙거리며
졸졸 졸 따라다녀요
너나없이

졸졸이 아주 신났어요
졸졸 졸 졸졸이
해도 달도
지는데

졸졸이 같이 오만가지 인생들이여! 어디 한 번 들어나 보세! 이 모양 저 모양 버거운 인생살이 들어나 보세! 힘들어도 아파도 죽을 지경이라도, 뼛골이 빠질지라도 먹고 살기 급급한 인생! 아들딸 키운다고 일을 놓지 못하는 서글픈 인생! 설렁설렁 신선놀음 좋다지만 유람다운 유람도 국외 유람은 고사하고 국내 유람도 못 해본 붙박이 같은 불쌍한 인생! 빈둥빈둥 무재주, 캥거루 자식들 공부 공부 억지로 공부시키려다 초가삼간 육간대청 쪽마루에 기둥뿌리 빠지는 인생! 술꾼, 노름꾼 베짱이로 곧 죽어도 큰소리치는 고약한 영감, 비틀어지도록 쥐어짜는 자린고비 같은 영감 덕분에 기죽어 사는 인생! 일꾼 뽑는 선거판에 한자리 하겠다고, 술밥에 떡이 생기는지 김칫국부터 마시다가 신용불량으로 사족을 못 쓰는 헛물켜는 신용불량자 인생! 감투, 감투 선거, 선거 좋아하다 안 나가지 하다가도 때가 되면 나가는, 수도 없는 낙마에 조상 대대로 좋은 재산 다 팔아먹는 졸보 인생! 아는지 모르는지 부도덕한 자에게 평생 죽을 때까지 표를 주는, 아는지 모르는지 칠푼이 같은 얼간이 인생! 감투란 감투는 이것저것 다 쓰고 잘해도 욕, 못해도 욕, 턱도 없는 구설수 눈총으로 일 잘하고 살맛이 없는 욕 먹는 인생!

우물쭈물 우유부단, 기만 살았는지 고집불통, 반에 반장감도 안
되는, 공동체도 가정도 모두모두 망치는 껍데기 인생! 어쭙잖은 벼
슬길에 슬쩍슬쩍 은근슬쩍 배짱도 두둑하게, 뒷주머니 빡빡하게
꼭꼭 질러 박고, 욕심 채우다가 감방 가는 인생! 때마다 일마다 속
고 속는, 엎어지고 자빠지는, 되는 것이 없는, 어처구니없는, 신세
타령에 비지땀만 흐르는 어리석은 인생! 얼토당토않은 말도 안 되
는 불로소득, 한방이면 된다고 일확천금 노리다가, 사기당하는 얼
빠진 인생! 침 질질 흘리며 산지사방 벌 토끼 잡으려다 집토끼 잃
어버리고 머쓱하게, 뒤통수 긁적긁적 천치 바보 인생! 딸자식, 손자
며느리에게 피땀 흘린 재산 아낌없이 물려주고 졸지에 빈털털이 인
생! 써보지도 놀아보지도 못하고 평생 일만하고 사기당해 쪽박 차
는 인생! 돈이 많다고 침이 마르도록 자랑 자랑, 신나게 자랑질하
면서도, 베풀 줄도 쓸 줄도 모르는 수전노 인생! 땅도 집도 돈도 부
지기수, 써도 써도 화수분 같은, 싱글벙글 기고만장 갑질하는 졸부
인생! 무슨 복도 복도 그리 그리 많은지, 일마다 때마다 잘 되고 신
이 나서 죽지 않으려고 오래오래 발버둥 치는 인생! 고생, 고생 개
고생에 이리 치이고 저리 치여서 죽을 날짜가 없어서 못 죽겠다는
기막힌 인생!

꼬리를 낮추고

꼬리를 낮추고 잠잠히
오만가지 가지가지, 가지가지 하는
턱도 없는 인생 인생들이여!
잠잠히 또 잠잠히 살아가세나!
꼬리를 낮추고
쥐 죽은 듯이

빛 좋은 개살구

귀농귀촌, 무슨 팔자라도 고칠 듯이, 고치는 양, 팔도 고을고을이 잡듯이 들쑤시며 침을 질질 흘리는 들개마냥 꾸역꾸역 모여들지만 빛 좋은 개살구 허사로다. 말짱 도루묵 허사지요?

자존심 팍팍! 쪽이 나도록 구기고 구겨도, 입아귀를 놀리고 놀려도 놀려 보았지만, 점점이 이곳저곳 돌이 많은 지역이라 그런지 마음조차 돌덩이, 돌덩이 같아요?

반짝반짝, 윤기가 자르르 흐르는 구수한 떡밥을 길목마다 요란하게 깔아놓고, 사정없이 덥석 물기만을 기다리는 낡아빠진 사람 모집 회전의자는, 삑삑 삐걱삐걱 소리를 내며, 오늘도 끊임없이 잘도 돌아가지요? 여전히 되느니 마느니 오늘도 쉼 없이 누가 뭐래도 귀농 귀촌 모여들지요.

쇳가루, 똥자루라도 한 봇짐 울러 멘 자! 귀농귀촌 별거야? 그거 할만하다, 할 것이요. 불알 두 쪽 개 털털이 신불, 낙인찍힌 자! 쌩고생 개고생 맨땅에 헤딩이요, 죽을 맛 고역일 테지, 지우고픈 악몽일 테지요? 아서라! 꿈을 깨라! 팔자, 팔자 고칠 일 따로 있지, 차라리 바늘구멍, 쥐구멍 통과가 백 번 나으리라!

심지어 건너온 외나무다리를 보기 좋게 힘껏 걷어차고 쾌재를 불러 보고자 했지만, 그나마 있던 것도 불태운 격일세! 돌아갈 수 없는 길이 되고야 말 것일세! 입술을 파르르 떨며 후회막급, 신세 타령 한탄만 할 일이라 하지요?

귀농귀촌!

누구나 할 수 있어도
아무나 할 수 없다는 것일세!
끝까지 책임질 자! 그 누구란 말인가?
자신임을 깨달았을 땐 이미 늦다는 것일세!
종국에는 개밥에 도토리
굴러온 개뼈다귀 말뼈다귀처럼
이리저리 돌리고 돌리다가
보기 좋게 호기롭게 걷어차 버리는
귀농귀촌일세!

어찌하리오.
아서라! 말을 말자!

팔영산 야인 귀농귀촌 고군분투기

왜! 왜! 왜!
외마디 비명소리만 들려온다
팔도 고을고을에서 어서 오라고,
빨간 노을이 서산에 진다,
해 넘어간다
졸지에 쪽박 찰라
욕심은 금물

아서라!
길이 아니면 가지를 마라!
용가리 통뼈더냐?
객기 부리지 마라!
일찌감치

관아! 관아! 관이가 산다

지방 소재지에 만장 같은 넓은 마당, 넓고 웅장한 제일 좋은 가장 큰집, 생을 주물, 주물 좌지우지하는, 벽돌로 쌓은 라멘조 흰 슬라브 집, 뒤로 자빠질 큰집에 관이가 산다. 멀찌감치 버티고 서 있는 골목대장처럼 에헴, 에헴 헛기침에 큰소리치며 살아가지요.

아침이면 남녀노소 불문, 학력 불문, 주로 소위 왈! 퇴물이 되어 가는, 겨우 가죽을 쓴 풀죽은 피골이 상접한 딱한 자들, 저마다 알 수 없는 사연, 애간장을 품고 모여들지요. 꾸역꾸역 차례차례 줄을 선다.

아들 며느리, 손자 손녀 같은, 빠꿈이, 골수 틀에 박힌 구렁이, 예리, 예리한 초짜박이 관이라는 이들에게 연신 네네! 네! 만고풍산 그 세월에 아작 이난 허리를 굽히고, 꾸벅꾸벅 머리를 조아리고, 왕년에는, 소싯적에는 한가락 했다는 자부심으로 위안 삼고 덤벼 보지만, 자존심 구기는 감성팔이로는 어림도 없는, 이건 이래서 저건 저래서 퇴짜다.

어찌하란 말인가? 아주 신났구나! 신났어? 마음껏 한껏 어깨에 뽕을 넣고 보따리는 풀지 않으려는지? 제 돈 주는 양 썩어빠진 위세를 부리며, 작다리에 머리를 흔들며 안 된단다? 고약한지고. 참말로, 가도 가도 낯설은 곳, 갸우뚱갸우뚱 머리를 떨군다. 가뭄에 곡식처럼 풀이 죽었다.

민생민복

법도 법이지만
위태위태한 사람은 살리고 볼 판
하다, 하다 최종 위기, 백척간두 아슬아슬
헐떡이며 망설임 끝에 콩 낱 같은 희망을
마지막 문을 두드리는
최후의 보루 자존심마저
무슨 얼어 죽을
보리개떡!

관아! 관아!
빈손 문전박대에
그저 아스라이 현기증이
아! 아! 아!

아주 많이
많이많이

　나이 먹고 갈 날이 가까운 늙은이들, 이젠 버리는 카드인가 타관 객지 볼 것 없다고 그리 마시게? 볼 장 다 보았다고, 할 일 다 했다고, 쓸데없다고 버리진 마시게? 제발, 제발 살고나 봅시다. 살아봤자 얼마나 살겠다고, 오죽하면 이리하겠는가?
　잡동사니 고물도 버리고 나면 필요할 때가 있으니, 아직은 한 번즘 필요할 때가 있겠지요? 잡동사니 인생, 고물 인생이라고 이러지 말아요. 괄시 말아요. 잊을 만하면 이따금 가끔, 필요에 따라 생각나는 것이 인생이지요. 버리지 말아요. 버리고 나면, 그럼, 그럼, 언젠가는 필요할 날이 있지 않겠어요?

버리는 카드

인생들이여!
염려 마시오
버린다고 다는 아닐 걸세!
혼백, 정신만은

언젠가는 누구나

버리는 카드가 될 것일세!
망각 속에 빠질 걸세!
너나 나나 누구라도
반드시
꼭
꼭

미안하네! 귀농귀촌, 작태를

다리를 걸어 자갈밭 한가운데 내동댕이쳤다. 단단히 박혀있던 막돌에 걸려 꼬꾸라지며 이마를, 순간 "퍽" "와지끈" 작열하는 소리! 선혈이 낭자하다.

무심히 달려오던 무수히 넘어지고 넘어지던 세월 속에서 멀쩡히 다리를 걸어 넘어지도록 우리 모두를 갈라놓고 그 누가 이반을 시켰는가? 하나되어야 할 이웃과 이웃, 마을과 마을, 고을과 고을, 국가와 국가를,

대적하지 마라!

대륙과 대륙, 나라와 나라를
민족과 민족, 사회와 사회를
국가와 국가, 국민과 국민을

마을과 마을, 사람과 사람을
가정과 가정, 부모와 자식을
종교와 종교, 신도와 신도를
단체와 단체, 회원과 회원을
회사와 회사, 노조와 노조를

그 무엇이?
그 누가?

얼싸안고 하나 되어야 할 대동세상! 구호에 지나지 않는 요원한 것인가? 그 무엇이, 그 누가 갈라놓았단 말인가? 저처럼, 저토록 따로따로, 삐걱삐걱 소리를 내며, 괴리 속에 함몰되고 이반 되어 깨어졌는가?

악몽

대동세상!
그 누가 갈라놓았단 말인가?
작열하게 깨어지는 소리!
"픽" "와지끈" 안 돼!
외마디 비명만이 하늘을 가른다.

푸드득 푸드득 한낱 스쳐 지나가는
악몽이기를

그뿐인가? 뚜뚜, 안부 차 전화를 했더니 단 한마디, "지금은 전화를 받을 수 없습니다." 그리고는 슬금슬금 피하더구나? 눈치 보는 개처럼 전화도 없이, 전화를 해도 받지 아니하더구나? 쩍쩍 갈라진 논바닥처럼, 차디찬 얼음처럼 냉가슴으로 달이 가고 해가 가고, 해해연년 석삼년 해가 뒤처져도 함흥차사, 이방원과 이성계의 이야기처럼, 폭탄 구덩이에 가물치 콧구멍이지요. 조석지간 호호 불며 불을 지펴도 덥혀지지 않는 냉고래처럼, 이유가 뭐니?

메줏덩어리처럼 못생겨서? 아무짝에도 쓸데없이 지지리도 못나서? 무일푼 돈이 없는 개털이라서? 이익 볼 일, 득 될 일 없어서? 단물 쓴물 다 빨아 먹어서? 일호의 가치도 없어서? 하잘 것, 보잘 것없어서? 별 볼 일 없어서? 만날 날 없다고 그래서 손절했니?

만약 재벌이라면? 고을 원님이라도 된다면? 세도가라면? 전화를 먼저 했겠지, 그리하겠는가? 아 예예 머리가 꺾이도록 그리했겠지? 없다고, 힘없다고, 개털이라서 미안하네! 개무시 괄시 멸시 마란다. 이 또한 하늘의 뜻 일진데, 달이 가고 해가 가고 아무렴 언젠가는 너나없이 송장 구덩이에 새살림을 차리겠지? 자격지심이라고? 피차 인면수심이라고? 꼬일 대로 꼬였다고? 좁쌀영감처럼 사촌이 논을 샀냐? 밭을 샀냐? 질긴 인연, 창자가 꼬여서야? 형편없이 못난 것들, 실망 많이 했다고, 보고 싶지 않다고, 멸시천대 개무시하겠다고 그래 그까짓 것, 말 한번 잘했다. 누가 누구에게 할 소리? 언짢니? 지우기로 했다. 지우개로 박박 지우기로 했지요.

깊은 두레박 우물 같은 퍼도 퍼도 마르지 않는, 아련한 추억들이 소환될까 봐 슬프지만, 받지 않는 전화를 걸고, 그저 보고플까 봐! 눈 꾹 감고 하나하나 지워버렸지요. 사람은 당해봐야 안다 하지요.

오해 없기를
이젠
미안!

추석날, 닭 도둑이

기뻐야 할 추석날에 닭 도둑이 들었지요. 물자가 흔하고 먹을 것이 흔한 이 시대에 세상에나 뚱딴지같이 웬 말인가요?

아무리 팍팍한 시대라지만 추석 보름달 휘황찬란한 초저녁에 하필이면 곤히 잠든 닭들에게 초비상을 걸었다. 양심에 종기가 났는지? 기본 양심도 없는 얼어 죽을 놈들이지요. 어렵사리 호호 불며 노심초사 길러 온 닭이건만 몰인정하게 도적질이 웬 말인가요? 물자 흔하고 먹거리 흔한 이 시대에 닭을 훔쳐 가다니, 돈 몇 푼에 쇠고랑 찰 일, 유분수지 도살장으로 끌려가는 불도장을 받았냐? 양심에 털이 났냐? 저리도 할 일이 없다더냐?

달 밝은 추석, 마르고 닳도록 반질반질 윤이 나는 고풍스러운 툇마루에서 가족끼리 삼삼오오 빙빙 둘러앉아 골패라도, 화투라도 칠 것이지, 장기바둑, 오목이라도 둘 일이지, 마음은 콩밭이라고 닭 도둑질 웬 말이냐?

어찌 피땀 흘린, 남의 수고는 아랑곳하지 않고, 저 등 따습고 저

배만 부르면 그만이라고, 품삯은 고사하고 사룻값도 않나오는 이 마당에, 박한 물정에 찬물을 끼얹느냐? 어찌하여 제 것은 애지중 지 꽁꽁 숨겨 놓고, 닭 한두 마리에 고귀한 낯짝을, 돈과 맞바꾸려 하는가? 똥칠 먹칠을 하려는가? 어리석게 사는 것이, 무슨 팔자에 재수 옴 붙었는지? 팔자소관이 지엄하신 하늘에 달렸다지만, 매사 가 이럴 수가 있단 말인가요?

될 놈은 떡잎부터 알고, 못난 놈은 뒤로 자빠져도 코가 깨진다더 라? 세 살 버릇 여든까지 간다더니, 이를 두고 하는 말이겠지요? 인생살이 야박하고 야박하다.

몰염치한 어떻게 하면 좋단 말인가? 근근득신 자리를 잡는 중인 데, 남의 사정 볼 것 없다는 모리배가 아니더냐? 제집 드나들 듯이 버젓이 으리으리한 자가용을 세워 놓고 나 여기 있소! 보란 듯이 헤드라이트를 켜고, 머리에는 헤드램프를 켜고 비호같이 덤벼드는 도둑놈을 향하여 "뭐야!" "누구야!" 벼락같이 소리를 질렀더니 잽싸 게 차를 몰아 미처 돌리지도 못하고, 외통수 길 뒷걸음질 주행으 로 차를 몰아 줄행랑을, 낭떠러지라 사고라도 날까 붙잡지도 못 하고, 그 인생 불쌍해서 보고 또 보고 물끄러미 바라만 보았지요.

한두 마리 사 먹으면 될 텐데, 치졸하게 그 짓을 하다니, 다음에 는 용서 없다며 되뇌고 되뇌어 보지만, 마음만은 저려 오네요. 한 역 오죽하면 그랬을까? 아니냐? 아닐 테지? 살만한 자일 거라며 측 은지심으로 만감이 교차하며, 생각은 갈팡질팡 가슴은 쾅쾅 방망 이질이다. 쿨하게 용서하겠다가도 신경이 곤두서지요. 지끈지끈 혈압이 올랐지요. 아이 두야!

한편, 급기야 살다 살다 별꼴이 반쪽이라고, 그나마 예쁘게 보이던 닭들이, 순간에 골칫덩어리 짐덩이로 보이니, 지칠 줄 모르고 오르는 사룟값에 허둥지둥, 족쇄처럼 마음이 편치 않았지요. 어제만 해도 희망의 돛을 올렸는데, 일순간 길러야 하나 말아야 하나, 사사 망 중으로 다 차린 밥상을 엎어야 하나 말아야 하나, 밤새도록 기와집을 골백번도 지었다 헐었다, 즐거워야 할 추석이 뒤죽박죽 엉망이 되었지요. 갈등으로 밤을 하얗게 지새웠지요.

어쩐지 그간에 닭들이 하나둘 야금야금 없어진다 했더니, 내내 살쾡이의 소행으로만 여겼더니, 이놈의 양상군자 도둑놈의 소행이었지요. 붙잡지 않은 것이 밤새도록 뒤척뒤척 몸서리를 쳤지요. 잡을 수 있었는데 후회막급 가슴을 두드렸지요. 그놈의 차가 뒷걸음질만 안 했어도, 다시는 용서하지 않으리라 다짐하고 맹세하건만, 무슨 소용이 있으리오.

이젠 단단히 지켜야지, 잡히기만 잡혀봐라! 눈에 쌍심지를 돋우고 번쩍번쩍 쌍라이트를 켜고 심기일전, 다시 한번 용기를 내어 보네요. 시대가 시대인 만큼 물자 흔한 시대에, 죽 쑤어 개 주는 팔자인지, 내 잘못이요, 모진 자책을 하지요.

제반사 하늘에 맡기로 했지요.
서슴없이.

221014

우린, 이대로가 좋아요

손가락을 꼽아보니 귀농귀촌한 지 어언 사 년째, 환영은 못 할망정 귀농귀촌인들이, 안 와도 좋다는 거지요. 그저 세금만 축낸다고, 우리끼리 살던 그대로 이대로가 좋다는 것이지요. 처음부터 귀농귀촌인들 이미지가 좋지 않아서 더는 싫다는 것이다. 지역에 도움이 안 된다는 볼멘소리를 하고 있지요. 땅을 사고팔아서 땅금만 올려놓고 떠나기 일쑤라며 냉소적이지요. 여지없이 떠났기 때문에 싫다는 것이다. 그렇다고 다는 아닐 텐데 말이지요. 구더기무서워 장을 못 담그겠다는 건가요?

인구는 준다는데, 지방은 텅텅 비어간다는데, 무슨 똥배짱들인지 모르겠어요. 우리 마을만 보아도 어린이는 볼 수가 없지요. 어르신들이 다수이고 그것도 독거가구, 즉 일인가구들이 많지요. 집들은 텅텅 비어가고 유입인구는 거의 별반 없지요. 저수지를 한번 생각해 보자구요. 빗물이나, 들어오는 물이 없으면 어떻게 되나요. 저수지는 말라갈 것이고 제 기능을 하지 못하겠지요. 요즘 추세가

213

인구가 줄고 마을 공동화 현상이 눈앞에서 펼쳐지는데도 참 답답할 노릇이지요. 세계 여러 나라에서 인구감소를 걱정하고 있지요. 일은 누가하고, 나라는 누가 지키나요? 지역경제는요? 연로하신 어르신들은 누가 봉양하나요? 고려장이라도 시키겠다는 말인가요? 그래도 어쩔 수 없다는 것인가요? 그러거나 말거나 아무튼 될 수만 있다면 안 왔으면 좋겠다 하지요. 빙글빙글 회전의자 나리님들! 애쓰시네요?

우리끼리

어이할꼬
끼리끼리, 우리끼리
천년만년 행복하게 살겠다고
텃세며, 위세며, 불 받았는지
오호라! 통제로다
어이할꼬
어이하나.

221025

망각의 늪에 빠진 자들아!

흥, 흥, 흥하라고 이름도 잘 지었지요? 전국 사람들 유인 모집한다는 그런 거시기한 거시기들, 그런 사람끼리 모였다는 곳, 거기에 놀아나는 이들? 농림어업인들을 위한다는 이들! 농, 축, 수, 임은 왜? 무엇 때문에 있는 건가요? 도끼뿔에 불 달구었나요? 세세, 세세토록 말이지요.

그저 말단 말초, 마을에서 정점에 이르기까지, 지도자들, 그들의 노름에, 등살에, 모두들 누구를 위한 존재인가? 도대체 무얼 하는, 무얼 하자는 자들인가? 무엇 때문에 있는 존재란 말인가? 피가 거꾸로 치솟을 지경이지요.

위세, 텃세

아서라! 작작들 해라!

망각하질 마라!
본연에 임무를

홍, 홍, 홍 코나 풀 자는 홍인가?
쓸데없는 일에 힘을 쏟지 마라!
코피 터질라! 재 뿌리지 마라!
작작들 덤벼들어라!
말아 먹을라!
조심, 조심
조심을

얼마 전 일이지요. 갓 태어난 병아리 한 마리가 얼음장 같은 차디찬 바닥에 벌러덩 대자로, 죽을힘을 다해 다리를 휘저으며 악착같이 발버둥 쳤지요. 땀을 뻘뻘 흘리며 끙끙거리고 있었지요. 넌 어쩌다 벌러덩 뒤집어져서 다리를 하늘로 쳐들고 허우적 허우적거리느냐?

안타까운 마음에 바로 일으켜 놓으면 벌러덩 뒤집히고, 뒤집히고, 보기에 안타까울 뿐이었지요. 그러기를 수 차례 이젠 지쳐서, 제자리를 맴돌며 후후 숨을 몰아쉬었지요. 저 어린 것이 무슨 죄가 있길래, 태어나기 전부터, 무슨 원죄라도, 빨리 손길이 갔어야 했는데, 미처 가지 못한 손길, 후유증이 저리 클 줄이야? 몰랐다. 미처, 미안하단 말만 되뇔 수밖에 없었지요. 필시 손이 가야 할 것은 가야 할 텐데, 안타까울 뿐이었지요.

방관은 금물이다

손길이 필요해요
방심이 저 어린 생명을
지극정성, 정성어린 손길이 필요하다
사람이나 짐승이나 성장할 때까지 굳어지면 안 된다
사람이나 짐승이나, 식물이나, 모든 것이?
생활이, 습관이, 행동이, 버릇이 굳어지면 안 된다
세 살 먹은 버릇이 여든까지 간단다
굳어지기 전에 바로잡자!
열심히
수시로

물 좀 주세요, 물?

왕가뭄이다. 전국의 산야가 타들어 가는, 전에 없는 왕가뭄이지요. 이곳에 온 후 처음 있는 일이지요. 메말라 비틀어지는 표고버섯, 작물들이, 뿐인가 사람도 목구멍이 말라 물 좀 주세요! 물 좀 주세요! 물 달라고 외치지요. 사람이고 식물이고, 모든 것이 아우성치지요. 피를 토하며 소리 소리를 지르고 관정을 신청하였건만 가물치 콧구멍이다. 돈이 원수지요. 십 년이든 백 년이든 기다릴 뿐이다. 타는 목마름으로 천불이 난다. 무일푼에 상거지, 타관 놈이라고 그러는지? 살수차로 뿌려주면 되겠다더니, 언제 말했냐며 오리발이다. 언성도 높여봤다, 돈도, 빽도, 못 배워서 그렇다고 통사정을 해 보았지만 소용이 없다. 이래서 안 되고 저래서 안 되고 어쩌란 말인가?

무슨 팔자가 항상 떨거지만, 이젠 부유물이 둥둥 뜨는 물을 먹게 생겼다. 생각다 못해 물은 사 먹기로 했지요. 식수는 돈이 들더라도 마트에서 사다 먹으면 되겠지만, 허드렛물은 난감하지요. 사방댐이 있기는 하지만 뒷물이 없어서 그나마 비가 와서 조금 모이면 있는 물도 쪽박 새듯이 새버리고 말라붙어 쓸 수가 없지요. 하는 수없이 마을 회관에서 길러오기는 하지만 하루 이틀도 아니고 대략난감이지요.

이처럼 어찌 보면 농부들은 떨거지 인생, 떨거지만 먹는, 애석하도다. 길다면 길고, 짧다면 짧은 인생! 맛난 것 먹을 것 못 먹고 코피 터지도록 기른 농산물조차 울퉁불퉁 떨거지만, 어떤 이는 제일 좋은 걸로 먹고 나머지 판다지만, 그럴 수는 없잖아요? 소비자이자 국민의 건강을 위해 좋은 것으로, 맛난 것으로 골라 팔아야 하겠지요. 그래야 돈도 후하게 받고, 안 그런가요?

그뿐인가요? 멋진 옷은 고사하고 입을 것 못 입고, 꾀죄죄한 작업복에, 좋은 집은 고사하고 비닐하우스 한쪽에 방을 꾸며 놓고, 마음 놓고 잠잘 곳 없는, 좋은 것 좋은 것, 좋은 것은 고사하고, 기본에 기본 기본도 없는, 심하다, 심하다, 심하다 못해, 이리 치이고 저리 치이고, 물가가 오르면 올랐다고 구박 인생? 누가 누구를 원망하리오.

기본에 기본

세금은
누굴 위해 쓰자는 건가?
열심히 걷어 놓았다 위태 위급할 때

기본 이하에 쓰자는
아닌감?

책임은
누구의 잘잘못도 아니라면,
조물주냐?
국가냐?
사회냐?
개인이냐?

아서라!
공허한 메아리만
누리에

팔영산 야인 귀농귀촌 고군분투기

221030

초연하자! 지원금에

이젠 초연히 한발 물러서기로 했지요. 더욱 내려놓기로 했지요. 초지일관, 처음처럼. 초심을 잃고 꿈틀꿈틀 되살아나는 욕심, 욕심들을 내려놓기로 했지요. 초연하자! 지원금에 목매달 필요가 없다, 공짜 돈 쓰겠다고 욕심부리다 빚쟁이 된다. 물론 필요하겠지만, 법이 어쩌고저쩌고, 주지도 않겠지만, 이가 없으면 잇몸으로 살아야지요.

꿈

당신들도 이런 꿈을
자리 욕심, 일 욕심, 돈 욕심,
오도 가도 발목에 족쇄를 채우는 격이지요
세월의 노예가 되는 것이지요

분수를 알라고, 너 자신을 알라고

채근하지요.

꿈이라고

초심을 잃지 말아야 하지요. 심지를 곧게 하고, 좌지우지 말라고, 두리번두리번 한눈팔지 말라고, 길이 아니면 가지를 말라고, 진흙탕에 발을 딛지 말라고, 좌우명처럼 여겨 왔지만, 아뿔싸! 이럴 수가?

자기 돈 주는지 생색은? 선 조건이 유식한 말로 잔고증명을 해야 한다나 어쩐다나? 어떤 이들은 수십, 수백억을 얻는다고 하겠지만, 고작 몇백에 서러워서 눈물 난다. 펑펑 하염없지요. 눈치코치를 보며, 머리가 땅에 닿도록 이름하여 폴더인사, 더럽고 치사하지요? 돈 넣고 돈 먹기지요?

아! 없는 놈은, 육두문자가 스멀스멀 목을 타고 머리끝까지 타오르지요. 필요하다고 하나둘 욕심 욕심을 부리다 보면 개미지옥에 빠지는 뉘를 범하게 되지요? 이가 없으면 잇몸으로 살아야 할 것을, 지원금에 눈이 멀어 죽기 살기로 세상에 공짜가 어디 있나요? 더럽고 치사하게 반드시 대가를 치르지요? 곱기만 하던 손발이 옹이가 박히도록, 꼿꼿하던 허리가 활이 되도록 대가를 치르지요. 과감히 포기각서를 썼지요. 미운 오리 새끼가 되어?

미운 오리

그 마당엔
기어가나 뛰어가나
주어진 한세월 가면 될 것을 피 터지게 가려 하는가?
미운털 박혔는지? 미운 오리 새끼인지
이젠 가지 않으련다.
그 마당엔

어디 그럴 수만 있다면 신선이다
신선

부질없는 헛맹세를
자꾸 자꾸만 되뇌다가
또 어쩔 수 없다
그 마당에

돈벌레의 사투!

하필이면 똥 씹은 우거지상
이런 고난이 올 줄이야? 재수가 없다

돈벌레의 절규! 안 돼! 안 돼! 안 돼!
달랑달랑 싸돌아다니다가 걸러든 것이
온갖 것 들이키는 싱크대 수챗구멍, 반질반질한 싱크 홀에
구정물, 온갖 오물을 뒤집어쓰고
오르고 또 오르고 올라 보았지만
하마 입에 빠졌다

도무지, 체념하고 지쳐 있을 때
보이는 것은 동그란 노란 하늘뿐, 쏟아지는 붙박이별들의 냉소
떠들며 지나가는 괴기한 사람들뿐
매정한 인간들 눈길 한번

선뜻 막대기를 내어줄 아름다운 그런 사람 없나요
오늘도 구세주를 기다린다.
모진 목숨 어찌하랴?
농사 욕심, 돈 욕심
빨려드는 수챗구멍
돈벌레에게
소망을.

221112

무지막지, 일도 없다

일도 기대할 것이 없다. 농사도, 눈물도 사랑도 말이지요? 많은 사람들은 농사를 지으며 부귀영화를 갈망하지만 웬일인지는 몰라도 그리 호락호락하지만은 않아요. 밑 빠진 독에 물 붓기, 태평양 한가운데 던져진 사슴마냥 허우적거릴 뿐이지요. 네발 들고 애절한 눈으로 버터 보려 하지만 수수방관자들만 있을 뿐 그 누구도 안중에도 없지요. 일도 없지요.

그럼에도 161평을 또 샀지요. 등기를 찾아왔지요. 손바닥만 한 땅떼기, 땅에 무슨 포은이 졌는지, 굽어진 허리에 끼고 가져갈 것도 아니면서, 욕심을 부려 합이 5,325평이 되었지요. 생각 같아서는, 접고 싶은 생각이 굴뚝같지만 어디 사람이 그럴 수가 있나요? 칼을 뽑았으면 무라도 잘라야 한다지요? 경험자들이 한결같은 이야기는 땅부터, 집부터 사지 말라는 조언도 괜한 소리는 아니지요. 한 달이고 일 년이고 살아보지도 아니하고 덜컥 저질렀다가 손해를 보는 사람들이 제법 있으니까요?

아침 댓바람에 누님께 전화를 넣었지요. 안부도 물을 겸, 보고 차원에서 미주알고주알 여차여차해서 땅을 샀다고 자랑삼아 얘기 했지요. 어찌 기분이 싸했지요. 아니나 다를까 따발총이지요. 가 슴에 연타를 맞았지요. "어찌 그일 다 하려고." 타인 남이면 보기 나 좋겠지만 비쩍 마른 꼬챙이 같은 동생이 오죽 측은하면, 한마디 하신다.

엎질러진 물

엎질러진 물이다
이나 저나 발 디딘 이상 이미 엎질러진 물이다
주워 담을 수는 없는 물, 물릴 수 없다
더더욱 물러설 수는 없다
다시는, 다시는
또다시.

221120

너도 살고 나도 살자

항간의 마을에서 들려오는 소문을 가만히 듣자 듣자 하니, 마을 길 확장·포장 공사 때에 토지주 한 사람이 마을 길에 편입이 되는 토지를 승낙해 주지 않았다는 이야기이지요. 즉 마을 길 확장·포장 공사를 시기, 질투해서 방해했다는 것이지요. 마을일 을 하면서 더러 보아온 일이기는 하지만 듣는 순간 무척이나 황당한 생각이 들었지요. 알 법한 어르신이 선뜻 이해가 가지를 않네요. 농부는 땅 한 평도 소중하지요. 내 땅 한 평이 소중하면 남의 땅도 소중하지요. 그렇다고 주민들이 왕래하는 길을 승낙하지 않았다니 선뜻 납득이 되질 않네요. 혹여 젊을 때라면 모르겠지만? 순망치한 잊지 마세요?

마을 길은 확장공사를 함으로 해서 왕래하기 좋아지는데, 특히 누구보다 더 혜택을 보는 사람이 마을 주민이자 이웃, 우리 모두가 아닌가요? 옆집과 앞집이 전에 한 번 다투었다는 이유 하나만으로, 잘되는 꼴을 보기 싫어서인지, 승낙하지 않아서 마을 안 길 확

227

장·포장 공사를 진행하지 못했다는 이야기이지요. 왜들 이러는지 모르겠어요. 마을에 길이 잘 나면 서로 좋을 텐데 말이지요. 우선 마을 주민들이 왕래하기가 편리하고 길이 넓어 왕래가 편하면 땅값도 올라가지 않을까요? 결국 시기, 질투, 욕심으로 너 죽고 나 죽는 일이 아닐는지요?

세상에서 평생 살아가면서 세 친구를 조심해야 하지요. 우리 사회가 가장 멀리해야 할 세 친구가 있으니 다름 아닌 시기, 질투, 욕심이라는 세 친구이지요. 이 친구들은 조심해야 할 일이에요. 시기라는 친구는 친구가 잘되는 일, 잘하는 일, 시샘을 하여 샘이 나서 꼴 못 보고 심지어는 미워하기까지 하지요. 친구들의 꽁무니를 붙잡고 늘어지며 끌어내리니 이런 친구는 기피하고, 조심해야 하지요? 질투라는 친구는 상대가 자기보다는 다른 사람을 더 좋아한다고, 질투망상에 사로잡혀 시샘하고 미워하기까지 하다가, 급기야는 악한 일을 저지르고, 또 언제 어떤 일을 저지를지 모르지요. 특히 남녀 관계에 있어서 칼부림까지, 이런 친구는 각별히 조심해야 하지요? 욕심이라는 친구는 지나친 욕심을 부려 남보다 더 나은 명예와 하나라도 더 가지려고 안간힘을 쓰고 더 누리려는 욕심 때문에 사회의 질서를 깨뜨리지요. 욕심도 정도껏이지, 욕심이 지나치면 죄가 되고 죄가 장성하면 죽는다고 하지 않았나요? 이런 친구는 더더욱 조심해야 하지요?

시기, 질투, 욕심이라는 이 세 친구들은 항상 우리 곁에서 만만한 먹잇감을 호시탐탐 노리고 있으니 언제나 조심 또 조심해야 하지요? 과유불급이라는 말이 있듯이 언제나 넘치도록 지나치면 문제예요?

디딤돌이 되자!

시기, 질투, 욕심
공공의 안녕과 질서, 발전에 문제예요?
디딤돌이 아니라 걸림돌이 되고
오를 수 있는 사다리를 걷어차 버리는 격이지요
문제이지요?
그럼요.

우리 주변에 시기, 질투, 욕심, 이 세 친구와 어울려, 합세해서 세상을 쥐락펴락 즐기고 있는 자는 없는지 살펴볼 일이지요? 내가 내라는 높은 분들, 소수이기는 하지만요? 우리가 속한 모든 공동체의 보다 나은 안녕과 질서, 발전을 위해서는 우리 모두가 시기, 질투와 욕심을 버릴 때 가능하지요? 더더욱 지도자의 반열에 서 있는 분들이라면, 생각해 볼 일이지요. 너나없이 마음을 잘 다스려야 하지요.

얼마 후 마을 안 길 확장 공사 때, 당시 협조하지 않았던 주민이 내가 그때 협조 안 했다는 이야기를 하면서, 꽤나 미안해 하더군요. 앞으로는 우리 마을에는 이런 일이 없어야 할 텐데,라며 왠지 착잡한 마음이 들었지요. 미안해하는 그 주민에게 너 죽고 나 죽는 일들은 이제 그만 하자고 이야기하면서 이제는 너도 살고 나도 살자는 생각을 가지고 서로서로 마을 일에 동참하자고 말 하였더니 낯을 붉히며 무색해 하였지요.

사돈 남 말이 아니지요. 이곳에 온지도 4년 되었지만 진입로 때문에 이러지도 저러지도 못하고 있지요. 다행히 임도가 개설되어 농막이나 임업 관리사는 어떨는지는 모르겠지만 주택은 협조가 안 되어서 곤란한 지경이지요. 한 평을 짓던지, 두 평을 짓던지 지으면 좋으련만 승낙이 되질 않아서, 철없던 시절을 돌이켜 보면 너 나 없이 그렇기는 하지만, 이제는 있어도 그만 없어도 그만일 정도로 풍족한 시대임에도 좀 그러네요. 생각이 많이 달라져야 하겠지요. 살피지 못한 잘못이 크겠지요?

길

길, 모든 길은
이웃과 이웃, 마을과 마을
지역으로, 지역으로 도시로 통하고,
나라와 나라, 전 인류가 통하지요
문명이, 물류가, 문화가, 통하지요

마을 길, 이웃 간의 길도 이웃이 서로서로 양보,
마을, 골 짝 골짝, 왕래하는 길이 났지요

선조 때부터 할아버지, 아버지들이
양보하고 힘을 합해 이루진 길이지요.
서로 협력하고 양보하여야 하겠지요.
내 것만 내 것이라고 혼자 사는 세상은 아니지요
자손만대에 이르기까지 함께 물려 주어야 할,
모두의 땅이자 길이지요?

　이제 우리 농촌도 너 죽고 나 죽기가 아니라 너도 살고 나도 사
는 생각으로 바뀔 때에 이웃이 살고, 마을이 살고, 지역이 살고, 나
라가 산다. 농촌 마을을 크게 변화시킬 수 있지요. 끝까지 살아남
고 성공하려면, 마을이 살아나는, 더불어 사는 농촌이 되어야 하
지 않을까요?

생각을 바꾸자!

농협이 바뀌어야 농민이 살고,
농민이 바뀌어야 농협이 산다.
공무원이 바뀌어야 국민이 살고,

국회가 바뀌어야 나라가 살고,

국민이 바뀌어야 민족이, 국가가, 나라가 산다

국가가, 나라가 바뀌어야 국민이 산다

주민이 바뀌어야 마을이 산다

마을이 바뀌어야 주민이 산다

이제는

너 죽고 내 죽는 일 그만들 하고,

너도 살고 나도 살자!

신명 나게.

230117

있다고 무시를 마라!

개무시 하는구나! 짖어 대는 개소리쯤으로 치부하고 쥐뿔도 없
는 인간은 개, 개란 말인가? 오호라! 통제로다. 다는 아니겠지만?
만약에, 이건 만약에 말인데, 지체 높은, 쥐락펴락하는 고관대작이
라면, 경제를 주름잡는 부자라면 그리 대할까? 과연 그렇게 할까?

없다는 포수만 보이면, 없다고 그렇게 대한다는 말인가? 사람이
말을 하면 듣는 척은 하여야 할진대, 저 일만 일이라고, 저 할 일만
하고 본체만체하는구나? 사람일 진데, 그리, 그리 대한단 말인가?
좁쌀 같은, 개 취급하는구나? 제집에 개도 그리한단 말인가? 개만
도 못한 인생이더냐?

앞산에 소리를 지르면 메아리가 되어 돌아오건만 답이, 답이 아!
답이 없다. 딱히 내세울 것도 없는 무지렁이, 그런저런 나부랭이들
까지 개무시하니 어쩌란 말인가? 야속타! 짐을 싸야 할지 말아야
할지 그것이 문제로다. 난감 그 자체이다.

천년만년 살고지고

천년만년,
불 달구어 살아갈 것도 아닌데,
어찌하나요? 물 좀 먹자는데 물이 생명인데,
탄광이 무너져도 물로 버티었다는데,
연명했다 하는데, 살아냈다 하는데,
오던 걸음부터, 삼사 년을 노래했건만
이젠

길이 아니면 가지를 말고
사람이 아니거든 갈지를 마라!
임이 아니면 넘보지 마라!
넘볼 걸 넘보아야지
툴툴 털어버리자!
홀가분하게
이젠

팔영산 야인 귀농귀촌 고군분투기

230213

빽빽이의 여정이 시작되다

빽빽빽 빽빽빽, 어디선가 빽빽빽, 긴 여운이 들여오지요. 새소리
인가? 아님, 병아리, 그러면 그렇지 스무 하루 간을 기다려 온 빽빽
이 너였구나? 빽빽이는 두리번두리번 사방팔방을 둘러보아도 아무
도 없어 슬픈 표정이지요. 그럴 수밖에 부화기 속이니까요.

제일 먼저 깨어난 빽빽이, 엄마를 찾는, 친구를 찾는 삐약, 삐약
소리도 못 하고 빽빽거리고 있지요. 아직은 다리에 힘이 오르지 않
아 뒤뚱뒤뚱 힘이 없지요. 빽빽이는 자신의 의지와는 상관없이 뜻
하지 않은 곳에 영문도 모르는 채, 아직 깨어나지 못한 친구들 숲
에서 뒹굴뒹굴, 뒤뚱뒤뚱 헤매고 있지요. 조금 참고 좀 더 기다리
렴! 좋은 친구들과 함께 새로운 집으로, 좋은 자연에서 살아갈 수
있을 거야! 멍멍이도 너를 반기며 지켜줄 거니까. 이 할아버지도
함께할 테니까.

이것도 섭리라면 섭리일 테지만, 마음 한구석은 애련하지요. 그
래도 동물복지 차원으로 숲속에서 자라지만, 매, 족제비, 삵 등 천

적은 물론, 비, 바람, 눈, 추위, 자연과 싸워 이겨야 하니까요.

궁상

끝내는?
사람이나 짐승이나 너무 슬퍼요?
아침 댓바람부터 궁상을,
그나저나 산자는 살아야 하지요
감사로 사랑으로 살아야 하지요
만세! 만만세!
파이팅!

230310

버섯꽃이 피었어요

봄은 기지개를 켜고 우리 곁에 다가왔습니다. 이 꽃 저 꽃 버섯 꽃, 여기저기 꽃소식 들려오지요. 울 집 산록에는 버섯꽃이 어마 무시하게 피었지요. 투실투실한, 볼만하군요. 각고 끝에 즐거운 결 실이지요.

이제 시작이니까요, 이것저것 시름을 잊어버리고, 당분간 수확에 열중해야겠지요. 사노라니 이런 날도 있군요. 어쩌면 즐거운 비명 이지요. 어쨌든 우리 모두 주어진 자리에서 봄을 듣고, 보고, 만지 고, 느끼며 그리고 즐기며 살아가야지요.

잠깐 오십 킬로 이상 땄어요. 어제오늘 구십 킬로 이상을 땄어 요. 어마, 어마무시하게 달부 엄청나게 땄습니다. 천지 빛깔 개락 이 났어요. 삼 년 동안 준비하고 일했더니 빛을 보네요.

올겨울에는 그동안 애쓴 대가로 다리도 아프고 허리며 등이 아 파서 못 했어요. 삼 년 동안 신나게 일했더니 사대육신이 품삯, 돈 달라하지요. 그만큼 부려 먹었으면 대가를 지불하라고 욱신거리지

요. 올해는 꾹 눌러 참았다가 다가오는 겨울에 1,000본을 더 해야
지요.

한해 년이 년이 조금씩, 조금씩 하면 제법 소득이 되겠네요. 그렇
지만 아무도 모를 일이지요. 나이는 먹고 천국 갈 일이 한발 한발
다가오니까요. 내일은 녹동 장에 나가서 팔아 볼 예정이지요. 비가
오지 말아야 할 텐데요. 일일 장돌뱅이가 되어서, 신명나게 팔아보
아야지요.

참말로 사노라면,
이런 날도 있을 테지요.
언제나 소망을.

우리 집 효자 효녀들을 소개합니다

날씨가 변덕스럽네요. 천연덕스럽게 더웠다 추웠다 봄 시샘이라고는 하지만 얄밉기만 하지요.

요즘 울 집 효자 효녀들이 꼬꼬 거리며, 앞다투어 용돈이라도 하라고 순풍, 순풍 싱싱한 먹거리 잘도 낳지요. 만물이 긴 잠에서 깨어나는 시기라서 그런지 듬뿍듬뿍, 밥값을 하네요.

아가들, 닭들의 놀음놀이를 보기만 해도 기쁘고 대견스럽지요. 떼를 지어 꼬끼오 목청을 돋우며 이리 뛰고, 저리 뛰고, 먹이 사냥 삼매경에 시간 가는 줄 몰라요. 볼만합니다. 무엇 하나 부럽지가 않네요. 이 시간만큼은요.

꼬꼬댁 새 신부

콩알만 한 초란을 낳았지요

아침부터 요란하게 꽉꽉 거리더니
아뿔싸! 요게 뭐람, 콩알만 한 달걀을 낳고
알 낳았다고 날갯짓을 하며
위풍당당하게 위세를

간혹 있기는 한데,
별나다면 별난 것, 보기 힘든 일이지요
아마 못 볼 법도 하지요
못 본 분들 구경하셔요

꼬꼬댁 체면이 있지
큰소리칠 일은 아니군요
앞으로 또래 중에 제일, 큰 것 좀 낳으렴,
또 한 번 놀랄 수 있도록 부탁한다
암튼 수고했다

　오늘도 꼬꼬댁을 보면서 행복해합니다. 모두모두, 모두 다 행복
하시길 기도합니다. 웃음을 잃지 않고 살 수 있는 것도 경이로운
일이지요. 사랑스러운 이 녀석들의 덕분입니다.

달걀

일 등급 달걀 자연에 방사해서
이 등급 달걀 큰 하우스에서 가두어
삼 등급 달걀 다소 여유가 있는 개량 케이지에서
사 등급 달걀 여유가 없는 케이지에서
키운 닭에서 낳은 달걀이지요
당신은 어떤 달걀을

스트레스 없는 동물복지!
자유분방한 효자 효녀들
자연과의 합작품 청정자연 유정란!
우리들의 먹거리!
건강 만점!
영양 만점!
파이팅!

230325

고사리를 꺾었지요

아침 댓바람에 산책을 하다가 널 발견했지, 작년에도 그 자리, 올해도 그 자리 반갑기도 했지만, 어쩌지요. 냉큼 꺾었지요. 유년 시절, 온 산천이 놀이터였지요. 애기 주먹처럼 야리야리하게, 채 피지도 못한 널 한 움큼씩 꺾어 들고 기뻐했었지, 이젠 노구의 몸이지만, 여전히 부지런한 아내는 벌써 뚝딱뚝딱 삶아, 소쿠리에 얼기설기 담아서 햇살 좋은 곳에 널어놓았지요. 봄이라서 좋아요. 먹을 것이 이것저것, 이곳저곳에 지천이지요.

감지덕지한 것은 고사리밭이 지경을 점점 더 넓혀 가고 있다는 것이지요. 열 평 이십 평, 오십 평 백 평, 이백 평 배로 지경을, 뿌리를 뻗쳐가고 있어요. 지인들이 미리 벌써 고사리 주문을, 예약 완료하였네요. 이로써 청정먹거리를 공급한다는 자부심, 산골 살이 딱 이 맛이지요.

오늘도 자랑질만 하는 팔불출이 되었네요. 미안하지만 이 산골에서 어쩌겠어요. 먹기에도 팔기에도 바쁜걸요. 지켜보는 눈들이

팔영산 야인 귀농귀촌 고군분투기

많이 있지만 어쩔 수 없지요. 생활비라도 하려 손 치면, 나누어 먹지 못해 죄송하지요. 이래도 감사 저래도 감사지요?

잠시 눈을 돌리니 어저께에도 피지 않았던 복사꽃이 피었습니다. 세상은 온통 꽃입니다. 동물도 식물도 각각 생긴 모양은 달라도 알고 보면 다 꽃들이지요? 꽃들이 피지요. 그것도 계절별로 각양각색, 형형색색 아름답게 피지요. 꽃이 있어야 열매를 맺으니까요?

오던 다음 해, 멀리에 사는 동생이 천도복숭아를 세 그루 사다 주어 심었는데, 이렇게 많이 컸어요. 작년에 이삼십 개는 족히 따서 먹었지요. 육질이 단단하고 맛도 좋았어요. 올해는 동생에게 먹어 보라고, 택배로 보내야 하겠어요. 꽃을 보아 많이 달리겠어요. 산골 살이, 이 맛이지요. 손수 심고 가꾸고 내 손으로 따서 먹는다는 것, 매력이라면 매력이지요. 그런데 중매쟁이 벌 나비가 통 보이질 않아요. 바람도 중매를 한다지만 기다려 볼 수밖에 없지요.

풍성풍성한 여름을 기대해 봅니다.
먹고, 나눌 수 있기를 소망해 봅니다.
오늘 하루도 감사로 시작합니다.
아무쪼록.

아내는 바쁘다

아침부터 바삐, 바삐 분주히도 돌아치더니, 갓 머리를 내민 부추며 갓 피어난 두릅을 팔팔 끓는 물에 데치고 찬물에 울리고, 데굴데굴 부침가루에 인정사정없이 굴려, 발갛게 달아오른 프라이팬에 전을 부친다. 오늘 점심은 부추부침개, 두릅부침개라며 흥얼흥얼 콧소리로 이양을 떨며, 뚝딱뚝딱 예쁘게 차려냈지요. 먹음직도 하다. 꼴에 나이를 먹었다고 받아만 먹는 내가 밉지요.

부창부수 질세라, 미안한 나머지 얼른 사진을 찍고 천생 팔불출, 마누라를 자랑하기로 했지요. 부지런하고, 음식 솜씨가 탁월하다 못해, 둘이 먹다 하나 죽어도 모를 지경으로, 타의 추종을 불허하지요. 철 따라 새록새록 돋아나는 모든 것들은 마누라 손을 거쳐서 뚝딱뚝딱 새롭게 태어나지요. 철부지 이 못난 서방 제일주의에 그저 탄복할 지경이지요. 앞뒤를 돌아보아도 온통 자연, 자연 그 속에서 함께 살아가는 재미가 쏠쏠하지요. 마누라 덕분에 심심할 틈이 없어요. 오늘도 팔불출에, 숨넘어가는 자랑질만, 죄송하지요.

어디 이것뿐이랴? 엊그제는 봄나물이 밥상에 올랐지요. 부지런한 마누라가 쏜살같이 들에 나가, 왔다 갔다, 부산을 떨더니, 밥상에 싱싱한 나물 반찬이 올라왔지요. 요것조것 한 양푼 요리조리 고추장에 쓱싹쓱싹 비벼서 겨눈 감추듯이 꿀꺽했지요. 반건달인 지아비를 섬기겠다고, 지극정성이 대단하지요. 마음이 갸륵하지요. 마누라 덕분에 호강이지요. 때때로 생각지도 못할 때, 우렁이 각시처럼, 뚝딱뚝딱 풍성하게 한 상 차리는 재주를 가졌지요. 계절따라 어김없이 한 상씩 차려내지요. 음식 솜씨가 있어 주변으로부터 칭송이 자자하지요.

팔불출

오늘도 마누라 자랑질에
팔불출, 반미치광이가 되었다
누가 뭐래도, 그래도 좋다
오늘만큼은
사실이니까?

활짝 핀 꽃처럼
마누라가 웃는
그날까지

230331

이순이 애기를 낳았어요

"이순이, 출산을 축하한다." "수고했다." 어제부터 산통을 느끼는지 안색이 영 좋지 않더니만 애기들을 낳았군요. 네쌍둥이 사 남매를 낳았어요. 보면 볼수록 어쩌면 신통방통 꼬부랑 통이지요. 조물주의 그 오묘한 솜씨, 놀랍고 놀랍지요.

꼬물꼬물 꼬물이들, 신기방기 사 남매들, 엄마의 수고와 사랑을 아는지 모르는지 평화롭게 쌔근쌔근 잠만 잘도 자네요.

올 것이 왔다. 미리미리 이름을 지으려 했지만 세월이 가면 갈수록, 나이를 먹으면 먹을수록 머리가 돌처럼 단단히 굳어지는, 일명 석두가 되어가니, 에라 될 테면 되라! 모르겠다. 체념했었지요. 한역 다급하면 궁하면 통한다고, 무엇인가 생각이 나겠지 아무 생각 없이 있었는데, 사람은 죽으라는 법은 없다더니, 막상 출산을 하니 뇌리에 번개같이 번쩍, 스치고 지나가는 것이 있었으니, 다름 아닌 세태를 반영하여 이름을 짓기로 했지요.

정치, 경제가 혼미한 이 시기에 서민의 민생고가 속 시원하게 해

결되고, 대한민국의 태평성대를 기원하면서, 서민들의 꿈이 현실이
되는, 성공해서 대박이 나라고 이름을 첫째는 태평이, 둘째는 평안
이, 셋째는 성공이, 넷째 막둥이는 대박이라고 부르기로 했지요.

대박

허 허 그럴싸하네요.
역시 대박이야 대박,
모두 다 성공 인생! 대박 인생!
대박이 나시길 기도합니다.
꿈도 건강도
살림살이도

어화둥둥 지화자자
여러분의 살림살이, 성공! 대박!
대한민국 태평성대! 국태민안!
만세! 만세! 만만세!
하늘 높이

230406

장남리여! 영원하라!

며칠 전 이장님으로부터 전화를 받았지요. 마을 방송 소리를 듣지 못하니까 직접 전화를 하셨지요. 마을과 거리가 있거든요. 즉은 모월 모일 마을 잔치가 있다 하시며 전화를 하셨지요.

매년 봄철이면 관광 차를 대절하여 봄나들이를 갔었는데 그간 코로나19 때문에 못 갔었다며, 코로나가 뜸해졌지만 막상 가려고 하니, 이젠 어르신들이 연로하여 나들이 가기에 거시기하다시며, 대신 마을회관에서 뷔페 음식을 맞추어 마을 잔치를 하시기로 하였다 하지요. 바쁘지 않으면 참석하여 식사하러 오라는 전화였지요.

그날 아침, 마음은 싱숭생숭 들뜬 기분으로 말끔하게 이른 채비를 마치고, 새로 생긴 임도를 따라 차를 몰아갔지요. 원체 빨라서인지 아직은 많은 이들, 어르신들이 모이진 않았지요. 마당 한쪽에서는 뷔페 음식들을 차리고 탁자와 의자가 놓이고 어르신들을 맞이할 준비를 하고 있었지요.

먼저 이장님을 뵙고 수고하신다며 인사를 나누고 때마다 으레 준비한 찬조금 봉투를 내어 주었지요. 아주 조금, 조금요. 약소하지만 성심성의껏 드렸지요. 고맙다는 이장님의 인사를 듣고 자리를 잡아 앉았지요. 이내 한 분 두 분 모여들었고 곧 식사가 시작되었지요.

삼삼오오 모여앉아 이런저런 담소를 나누며, 알록달록 풍성한 즐거운 식사 시간을 보냈지요. 오랜만에 하나둘 접시가 층층이 쌓이도록 거나하게, 복어처럼 뿍뿍 소리가 나며 배가 볼록 튀어나오도록, 배를 두들기며 신나게 많이많이 먹었지요.

시간이 끝날 무렵 이장님의 경과와 찬조금 발표를 하였지요. 마을 주민들은 박수로 화답하였지요. 시간이 흘러 마무리할 즈음, 이장님과 노인회장님께 수고 많이 하셨다고, 잘 먹고 간다고 인사를 하고, 인사를 받으며 집으로 돌아왔지요.

이내 노랫가락이 회관 마당을 가득 채우고 해창만 들을 채웠지요. 한편으로는 팔영산 자락을 타고 팔영산 정상을 향하여 가쁜 숨을 몰아쉬며 높이 높이 올랐지요. 집으로 돌아오는 내내 그칠 줄 몰랐지요. 대동 세상! 대동 세상! 장남리여! 장남리여! 영원하라! 영원하라! 그칠 줄 몰랐지요.

단단히 묶인 현수막에는 이렇게 적혀 있었지요.

"밝고 활기찬 우리 마을 항상 건강하고 행복합시다."
"장남마을 파이팅!"

230415

해 질 무렵, 어머니다

긴 그림자 집으로 갈 때
저만치 성층을 뚫고 들리는 소리
불호령, 서릿발 하얀 미소로, 다잡는
분명 나의 어머니다.

아들아! 여기가 어디냐?
남도 팔영산 자락 성지골, 해남산 밑이지요
천리만리 집 떠나, 아득도 한데
여기가 어디기에 어찌 여기서?
무슨 일로

어스름 어둠이 날개를 접는다
가자 어서 어두워지기 전에 부지런히
어머니는 길을 재촉하신다

가자! 집으로 얼른
어서!

꿈결이다
꿈이다

퍼뜩